I0562364

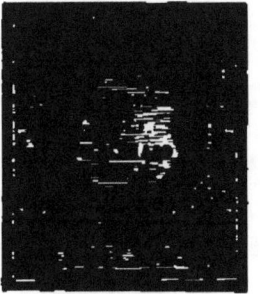

LES SOUFFRANCES

DU

JEUNE WERTHER.

Se trouve à Paris

Chez P. Didot l'aîné, imprimeur, rue du Pont de Lodi, n° 6;

Ant.-Aug. Renouard, rue Saint-André-des-Arcs;

Le normant, rue des Prêtres-Saint-Germain-l'Auxerrois;

Nicole, rue des Petits Augustins;

Delaulnay, Palais-Royal;

Colnet et Goujon, rue du Bac.

LES SOUFFRANCES

DU

JEUNE WERTHER

Par GOETHE

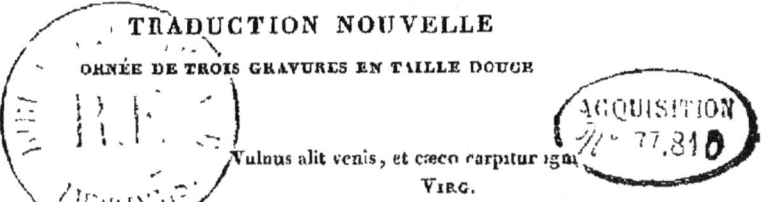

TRADUCTION NOUVELLE

ORNÉE DE TROIS GRAVURES EN TAILLE DOUCE

Vulnus alit venis, et cæco carpitur igni

VIRG.

A PARIS

DE L'IMPRIMERIE DE P. DIDOT L'AÎNÉ

M. DCCC IX.

PRÉFACE.

C'est l'usage de mettre une préface à la tête de tout ouvrage. Je ne prétends pas distinguer le mien des autres; mais ma préface n'aura qu'un mot.

Les beautés et les défauts de Werther sont appréciés depuis trente ans. Je n'en dirai donc rien: mes éloges et mes critiques seroient également superflus. On pourroit même les soupçonner de partialité. Un traducteur ne devroit jamais sortir des attributions de sa charge. Il porte la parole pour son auteur au tribunal du public, il est son interprète, son avocat, et par conséquent il ne peut être son juge.

Je crois devoir cependant désavouer dans Werther certains principes contraires à la morale et à la saine raison. Je les

condamne par-tout où ils se trouvent,
et pense qu'ils n'ont d'excuse que dans
l'ivresse d'une grande passion qui trouble
à la fois l'esprit et le cœur.

J'ai recueilli avec soin jusqu'aux moindres détails de l'histoire ' du jeune Werther, et je vous les offre, lecteur, persuadé que vous m'en saurez gré. Vous ne pouvez refuser votre admiration à son esprit, à son caractere, ni vos larmes à sa destinée.

Et toi qui gémis, comme lui, victime d'un amour malheureux, puisses-tu trouver quelque consolation dans le récit de ses souffrances! que ce livre soit ton ami, si le sort ou tes fautes ne t'en ont point laissé!

' Une aventure tragique arrivée à Wetzlar, en 1772, a servi de fondement à Werther. Goethe n'a fait que changer les noms des acteurs. Celui du véritable héros de cette tragédie est Jérusalem. Il étoit fils d'un célèbre prédicateur de Brunswick; il devint éperdument amoureux d'une jeune personne dont le mariage étoit arrêté lorsqu'il la connut, et ne pouvant s'unir à elle, il se tua de désespoir.

(*Note du traducteur.*)

LES SOUFFRANCES

DU

JEUNE WERTHER.

—

PREMIÈRE PARTIE.

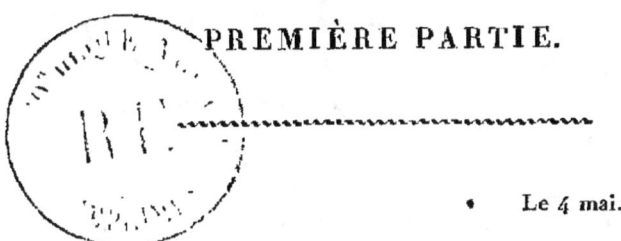

• Le 4 mai.

Qᴜᴇ je suis content d'être parti! cher
William, qu'est-ce que le cœur de l'homme? Te quitter, toi que j'aime, toi dont
j'étois inséparable, te quitter, et être
content!... Mais tu connois ton ami. Hélas! plus infortuné qu'injuste, il a besoin de toute ta pitié! La pauvre Éléo-
nore! grace au ciel, ses malheurs ne sont
point mon ouvrage. Passionnément épris
des charmes de sa sœur, pouvois-je empêcher l'amour de se glisser dans son
sein? Est-il bien vrai pourtant que je sois
innocent? Ne me suis-je pas fait un jeu

1

des mouvemens ingénus de son ame simple et neuve? N'ai-je pas...? Mais pourquoi rappeler de tristes souvenirs, et m'abreuver sans cesse de l'amertume de mes regrets? Je veux, cher ami, je te le promets, je veux me corriger; je veux jouir du présent; et le passé tel qu'un vain songe sortira de ma mémoire. Ah! sans doute l'homme seroit moins à plaindre, si son imagination, trop ingénieuse à lui exagérer ses peines, l'armoit de force pour en supporter courageusement le fardeau.

Dis à ma mère que je ne perds point de vue son affaire, et que je l'instruirai dans peu du résultat de mes démarches. J'ai vu ma tante: elle ne ressemble point au portrait qu'on nous en avoit fait; c'est une femme extrêmement vive, mais bonne et sensible. Je ne lui ai point caché combien ma mère étoit mécontente de ses procédés. Elle s'est justifiée, et m'a paru peu éloignée d'acquiescer à toutes nos demandes, et de nous accorder même au-delà de ce que nous prétendons. Mais je n'ai pas le temps d'entrer dans les détails : assure ma mère que tout ira bien. Cher William, que de chagrins on s'épargneroit, si l'on se défendoit des préventions injustes !

Du reste, je me trouve parfaitement bien ici. La solitude de ce paradis terrestre répand sur mon cœur un baume salutaire ; le printemps réchauffe et ranime mes esprits languissans : chaque arbre, chaque buisson est un bouquet de fleurs. Je respire, je vis au milieu des parfums. La ville est triste ; mais la nature a déployé dans les environs toute sa magnificence. C'est ce qui engagea le feu comte de M*** à placer son jardin sur une de ces riantes collines dont l'aspect embellit et diversifie le paysage. Ce jardin est simple : on s'apperçoit dès l'entrée qu'il fut moins l'ouvrage d'un homme de l'art, que d'un philosophe sensible qui vouloit y jouir de lui-même. J'ai déja donné des larmes à sa mémoire dans le cabinet à demi-ruiné dont il faisoit sa retraite favorite, et qui est devenu

la mienne. Bientôt je serai maître du jardin : j'ai mis le jardinier dans mes intérêts, et il n'aura pas à se plaindre de moi.

Le 10 mai.

Tous mes sens sont émus d'une volupté
douce et pure comme l'haleine du matin
dans cette saison délicieuse. Seul, au milieu d'une contrée qui semble faite ex-
près pour moi, j'y savoure à longs traits
l'ivresse de la vie. Je suis si heureux,
mon ami, si absorbé dans le sentiment
de ma tranquille existence, que mon art
en souffre. Incapable de dessiner la moindre ébauche, jamais pourtant je ne fus si
grand peintre. Lorsque le soleil, au plus
haut de son cours, darde ses rayons en-
flammés sur la cime des bois au fond des-
quels il introduit à peine une foible lu-
miere; lorsque sa chaleur créatrice attire
et développe de toutes parts les esprits
odorans des végétaux, couché sur l'herbe

épaisse, à la chûte d'un ruisseau, j'observe près de moi les fleurs et les plantes qui ornent le sein fécond de la terre ; j'écoute le bourdonnement des insectes, je considère leurs formes variées et innombrables. La nature se montre à mes yeux ravis telle qu'une amante adorée. J'élève mes hommages jusqu'au trône de son divin auteur ; je célèbre la puissance, je bénis la bonté de l'Etre infini qui nous fit à son image, et qui créa pour nous tant de merveilles ; et je m'écrie avec transport : Oh, que ne puis-je exprimer ce que je sens si vivement ! ces émotions brûlantes, que ne puis-je les peindre en caractères de feu, et soulager ainsi mon ame du poids de reconnoissance et d'admiration sous lequel elle est accablée !

Le 12 mai.

Suis-je en effet transporté dans le riant domaine des illusions et des chimères ?

ou mon imagination saisie d'un céleste
enthousiasme communique-t-elle à tous
les objets le charme qui la possède? Près
d'ici est une fontaine sur les bords de laquelle un aimant mystérieux m'attire
sans cesse. On descend une colline, et
l'on se trouve en face d'une grotte profonde de vingt marches, où l'eau la plus
limpide jaillit d'un rocher de marbre: le
petit mur qui entoure la grotte, les arbres qui l'ombragent, la fraîcheur du
lieu, tout inspire un sentiment religieux
et tendre. Il ne s'écoule pas un jour que
je n'y passe au moins une heure: c'est là
que les jeunes filles de la ville viennent
puiser de l'eau, innocente fonction que
ne dédaignoient point jadis les filles des
rois. Cette simplicité de mœurs me rappelle le temps des patriarches; il me semble voir leurs ombres vénérables errer
autour de cette grotte, sous ces arbres
hospitaliers.

J'y trouvai avant-hier une jeune pay-
sanne; elle avoit posé son vase sur la dernière marche, et cherchoit des yeux une

de ses compagnes pour l'aider à le mettre
sur sa tête. Je descendis, et l'ayant con-
sidérée un instant : Jeune fille, lui dis-je,
puis-je vous aider ? Elle rougit. — O monsieur ! me dit-elle. — Ne craignez point.
Elle redressa son coussin : je posai le vase
sur sa tête, et elle remonta en rougissant
de nouveau.

Le 13 mai.

Tu me demandes si tu m'enverras mes
livres ? Au nom de Dieu, cher William,
délivre-moi de ces guides importuns. Je
ne veux plus être conduit, excité, enflammé. Ce cœur n'est-il pas assez ardent
de lui-même ? il lui faut des chants de
berceau, et je les trouve dans mon Homère. Que de fois ses chants divins ont
calmé l'effervescence de mon sang, et
rendu la paix à mes esprits agités ; car il
n'est rien de si inconstant, de si bizarre
que ton ami. Mais ai-je besoin de te le

dire, à toi qui m'as vu si souvent passer
dans un même instant de la douleur à la
joie, d'une douce mélancolie aux plus violens accès de rage? Aussi je traite mon
cœur comme un enfant malade, je ne lui
refuse rièn. Garde-m'en le secret; il y a des
gens qui pourroient m'en faire un crime.

———

Le 15 mai.

Tous les pauvres habitans du lieu me
connoissent et m'aiment déja. Dans les
commencemens de mon séjour, lorsqu'il
m'arrivoit de me mêler parmi eux, de
leur adresser des questions dictées par
l'intérèt, la plupart s'imaginant sans
doute que je me moquois d'eux me re-
poussèrent avec rudesse. Je ne me re-
butai point pour cela ; seulement je
sentis plus vivement que jamais la jus-
tesse d'une observation que j'avois déja
faite : c'est qu'en général les grands affectent de tenir à distance les gens du

peuple, comme s'ils craignoient de se compromettre en s'en laissant approcher; et si quelques uns daignent s'abaisser à descendre jusqu'à eux, c'est pour les mieux accabler du sentiment humiliant de leur dépendance.

Je sais que nous ne sommes point égaux, que nous ne pouvons point l'être; mais l'homme de qualité qui se soustrait aux regards du peuple pour s'en faire respecter, et le lâche qui fuit devant son ennemi de peur d'être vaincu, sont deux êtres également vils à mes yeux.

———————

Le 17 mai.

J'IGNORE à quoi attribuer la bienveillance que les gens de ce pays me témoignent; mais ils ne peuvent me quitter. Leur affection me touche, et je regrette souvent de n'avoir pas plus de temps à passer avec eux. Si tu me demandes quel est leur caractère, je te répondrai, Le

même que par-tout ailleurs ; l'espèce est
uniforme. La plupart travaillent pour
vivre presque tout le jour, et le peu de
liberté qui leur reste les tourmente au
point qu'ils mettent tout en œuvre pour
le perdre. O destinée de l'homme !

Dans le fond pourtant ce sont de bon-
nes gens : je leur dois les seuls plaisirs
que je goûte encore quelquefois, comme
de danser à leurs fêtes, de causer et de
rire autour d'une table frugale dont le
cœur fait seul les apprêts. Mais si je viens
à réfléchir, au milieu de ces distractions
passagères, à cette foule d'idées, de sentimens que je suis obligé de renfermer
soigneusement, à cette force morale qui
se consume en moi dans une mortelle inaction, alors le voile se déchire, et mon
bonheur se change en un affreux tourment.

Oh, que l'amie de ma jeunesse n'existe-
t-elle encore ! ou plutôt pourquoi l'ai-je
connue ? Je me dirois : Insensé, tu pour-
suis une chimère ! Mais je l'ai vue, j'ai
admiré ses attraits, son esprit, ses ta-

lens; j'ai joui de son commerce enchanteur, de sa douce sensibilité. Tous les
dons de l'imagination, toutes les ressources du génie, furent prodigués sans
mesure à cette femme unique sur la terre.
Hélas! elle ne comptoit que quelques
années de plus que moi; elle étoit à la
fleur de l'âge, et la mort l'a moissonnée!
avec quel calme elle la vit s'approcher!
Jamais, non jamais je n'oublierai son
courage sublime, son angélique résignation.

J'ai rencontré dans le monde un M. de
F**, jeune homme d'une assez jolie figure.
Il sort de l'académie, et paroît fort infa-
tué de son mérite. Ayant appris, je ne
sais comment, que j'avois quelque tein-
ture du grec, et que je dessinois un peu
(deux phénomènes dans ce pays), il s'est
avancé vers moi, et m'a débité d'un air
triomphant tout le fatras de son érudition. Je l'ai écouté, et n'ai rien répondu.

J'ai aussi fait connoissance avec le bailli
du prince, excellent homme, plein de

franchise et de loyauté. On dit que c'est un spectacle délicieux de le voir au milieu de ses neuf enfans. Tout le monde ne parle que de sa fille aînée. Il m'a permis d'aller lui rendre mes devoirs, et je compte lui faire une visite sous peu de jours. Il habite à une lieue et demie d'ici une maison de campagne du prince, où il vit retiré depuis la mort de sa femme, le séjour de la ville lui étant devenu insupportable.

Je t'épargne la peinture d'une foule d'originaux que j'ai trouvés sur mon chemin, ridicules personnages qui vous poursuivent impitoyablement d'offres de services et de démonstrations d'amitié.

Adieu. Cette lettre te plaira; elle est tout historique.

————————

Le 26 mai.

Tu connois mes goûts, tu sais que j'aime une vie tranquille, un asile écarté: eh

bien! j'ai trouvé près d'ici ce qui a toujours été l'objet de mes desirs.

A une lieue de la ville, sur une colline
d'où l'œil embrasse une perspective immense, est un hameau nommé Wallieim.
Une bonne femme encore active, malgré
son grand âge, y vend du vin, de la
bière, et du café. Ce qui fait le principal
charme de ce lieu, ce sont deux tilleuls,
dont les rameaux touffus ombragent devant l'église une petite place autour de
laquelle sont éparses des granges, des
métairies, et des chaumières. Je connois
peu de sites aussi champêtres. Souvent je
m'y fais servir à déjeûner de l'auberge,
et j'y lis mon Homère. La première fois
que le hasard me conduisit sur cette place
à la fin d'une belle journée, je la trouvai
déserte. Tout le monde étoit aux champs;
je ne vis qu'un enfant d'environ quatre
ans, qui en tenoit un autre de six mois
entre ses jambes dont il lui formoit une
espèce de siége : ses bras étoient croisés
sur sa poitrine, et malgré la vivacité qui
brilloit dans ses yeux noirs, il gardoit

une attitude immobile. L'aspect de ces
deux enfans me plut. Je m'assis sur une
charrue, et je m'amusai à dessiner ce joli
groupe : j'ajoutai pour ornement une
haie voisine, une porte de grange, et quelques débris de roues de charrette dans le
même désordre où ces objets étoient jet-
tés, et je parvins à faire un tableau inté-
ressant sans y rien mettre de mon inven-
tion. Cette épreuve m'affermit dans la
résolution de ne prendre désormais pour
modèle que la nature ; elle seule offre
d'inépuisables richesses, elle seule forme
le grand artiste[1].

Je restai près d'une heure plongé dans
une douce extase. Sur le soir je vis ac-
courir, vers les enfans qui n'avoient

---

[1] J'ai supprimé ici une longue et fastidieuse décla-
mation dans laquelle Werther, dont l'esprit est émi-
nemment faux, abuse du principe très juste qu'il vient
d'établir pour s'élever indistinctement contre toute espèce de règles ; comme si les règles considérées sous le
rapport des arts n'étoient pas le code du bon sens et du
bon goût, de même qu'elles sont dans le système social
le garant de l'ordre et la base de toute morale !

(*Note du traducteur.*)

pas quitté leur place, une jeune femme
qui tenoit une corbeille sous son bras.
Elle se mit à crier du plus loin qu'elle
les apperçut : « Philippe ! Philippe ! tu es
« un bon garçon ». Quand elle fut près
de moi, elle me salua. Je me levai, et lui
demandai si elle étoit la mere de ces enfans ? Elle me répondit que oui , et ,
tandis qu'elle donnoit au plus âgé des
deux un morceau de pain blanc , elle
prit l'autre dans ses bras , et lui fit les
plus tendres caresses. « J'ai confié ce
« petit à son frere , me dit-elle, pendant
« que j'allois à la ville avec mon aîné
« acheter du pain blanc, du sucre, et un
« poëlon de terre , pour remplacer celui
« que cet espiègle me cassa hier en dis-
« putant à Philippe le gratin de la bouil-
« lie ; (j'appercevois ces objets dans la
« corbeille dont le couvercle étoit ren-
« versé). Je veux faire ce soir une soupe
« à mon petit Jean , dit-elle (c'étoit le
« nom du dernier) ». Je lui demandai
des nouvelles de l'aîné ; comme elle me
répondoit qu'il étoit resté derrière elle

dans la prairie, il courut à nous en sautant, et mit dans la main de Philippe un
bouquet de fleurs qu'il venoit de cueillir.

Je causai long-temps avec leur mère.
Elle m'apprit qu'elle étoit fille du maître
d'école du village, et que son mari étoit
allé en Suisse pour prendre possession
d'un héritage. « On vouloit nous tromper,
« me dit-elle, on ne répondoit à aucune
« de nos lettres. Voyant cela il s'est dé-
« cidé à se rendre lui-même sur les lieux :
« pourvu qu'il ne lui soit rien arrivé !
« Je n'ai point reçu de ses nouvelles de-
« puis son départ ». J'eus de la peine à
quitter cette femme. Je donnai à chacun
de ses enfants un kreutzer, et j'en remis
un à la mère pour acheter des gâteaux
au petit Jean la première fois qu'elle
iroit à la ville.

Cher William, lorsque mes sens agités veulent prendre sur moi trop d'empire, le souvenir de cette femme appaise
aussitôt leur tumulte. Heureuse créature ! elle parcourt, libre d'inquiétude
et de souci, le cercle étroit de son exis-

· tence, voit un jour succéder à l'autre sans regrets ni desirs, entend le bruit mélancolique des feuilles qui tombent, et n'a pas d'autre pensée, si ce n'est que l'hiver s'approche.

Depuis que je la connois je ne quitte presque plus Walheim. Les enfans déjeûnent et goûtent tous les jours avec moi. Le dimanche le kreutzer ne leur manque jamais, et quand je ne me trouve pas à l'heure de la prière, l'aubergiste a ordre de le leur donner. Ils m'ont pris dans une grande affection. Ils me racontent tout ce qui les amuse ou les intéresse. J'observe avec un vif intérêt le développement de leurs petites passions, l'expression forte et naïve de leurs desirs, lorsqu'ils sont rassemblés avec leurs camarades. J'ai eu toutes les peines du monde à rassurer la mère, qui craignoit que ses enfans *n'incommodassent monsieur.*

Ce que je te disois de la peinture s'applique également à la poésie. Tout l'art consiste à discerner le beau et à le choisir pour modèle ; mais ce sentiment exquis du goût, cette heureuse imitation, ne sont le partage que d'un petit nombre de génies privilégiés. J'ai été témoin aujourd'hui d'une scène qui, simplement décrite, composeroit une idylle charmante ; mais à quoi bon les noms de poésie, de scène, d'idylle ? Faut-il toujours établir des distinctions, et poser des bornes dans le vaste champ de la nature ?

Si ce début te fait espérer quelque chose de magnifique, tu es dans l'erreur. C'est d'un pauvre paysan que je vais t'entretenir. Je raconterai tout de travers selon ma coutume, et tu ne manqueras pas, comme à l'ordinaire, de m'accuser d'exagération. C'est Walheim, et toujours Walheim qui sera mon théâtre.

Il y avoit beaucoup de monde sous les tilleuls. J'avois envie d'être seul ; je m'é- cartai dans la campagne.

Un jeune paysan sorti d'une ferme voi- sine s'occupoit à réparer la charrue que je dessinai dernièrement. Son extérieur me plut. Je m'approchai de lui, et lui fis plusieurs questions. Nous eûmes bientôt lié conversation, et, comme il m'arrive assez communément avec ces sortes de gens, il ne tarda pas à prendre confiance en moi. Il m'apprit qu'il étoit au service d'une veuve qui le traitoit fort bien. A la vivacité de ses discours, au plaisir avec lequel il s'étendit sur ses louanges, je soup- çonnai qu'elle le traitoit encore mieux qu'il ne s'en vantoit. Elle étoit veuve, à ce qu'il me dit, depuis plusieurs années, et les chagrins qu'elle avoit éprouvés dans une union mal assortie l'avoient dé- cidée à ne point former d'autres nœuds. Je compris sans peine qu'il en étoit éper- dument amoureux, et qu'il brûloit du desir d'obtenir sa main, et d'effacer de son ame le souvenir des torts de son pre-

mier époux. L'éloquence et la poésie me
prodigueroient en vain leurs trésors, je
ne pourrois parvenir à te peindre la figure
animée de cet homme, l'harmonie de sa
voix, l'énergie de ses gestes, le feu de
ses regards, la tendresse et la passion
qui respiroient dans tout son être. Ce
qui me toucha le plus, c'est la crainte
qu'il témoignoit de temps en temps que
quelqu'une de ses expressions mal in-
terprétée ne m'inspirât des doutes sur la
vertu de sa maîtresse. Avec quel enthousiasme il exaltoit ses charmes, qui, bien
que privés du premier éclat de la jeunesse, l'avoient captivé sans retour! Non,
je n'ai vu de ma vie tant d'amour, un
mélange si ravissant de pudeur et de volupté. O mon ami! n'insulte point à ma
foiblesse; mais l'image de cet homme me
poursuit par-tout. Une ardeur vague,
une flamme secrète a pénétré toute ma
substance; et l'imagination fascinée par
un fantôme, je languis, je sèche comme
embrasé des mêmes feux.

Je vais m'occuper des moyens de ren-

contrer cette femme, ou plutôt si je fais
bien, je ne songerai qu'à l'éviter. Il vaut
mieux toujours la voir par les yeux de
son amant : peut-être perdroit-elle à se
montrer aux miens ; et pourquoi me pri-
ver volontairement d'une douce illusion?

Le 16 juin.

Tu me demandes pourquoi je ne t'écris
pas, et tu te vantes de connoître le cœur
humain. Tu pouvois présumer que j'étois
content, heureux... Eh! oui, en vérité,
je le suis.

Te raconter par ordre comment tout
s'est passé, comment j'ai fait connoissance avec la plus adorable des créa-
tures, seroit une entreprise au-dessus
de mes forces.

Un ange! ah! chacun en dit autant de
la femme qu'il aime. Qu'il te suffise de
savoir qu'elle règne avec un empire absolu sur mon ame et sur mes sens.

Esprit, beauté, grace, noblesse, tout cela n'est qu'une peinture froide, inanimée, qui ne rend aucun de ses traits. Une autre fois j'essaierai..... non, maintenant, ou jamais; car depuis que j'ai commencé de t'écrire j'ai déja été trois fois sur le point de quitter la plume.

Je n'ai pu m'en défendre; il m'a fallu y aller. Je l'ai trouvée entourée de ses huit frères et sœurs. Je t'écris à mon retour de chez elle. Si je continue de la sorte, tu seras aussi avancé à la fin de ma lettre qu'au commencement. Ecoute donc, je vais m'efforcer d'entrer dans quelques détails.

Je t'ai mandé dernièrement que le bailli de S*** m'avoit permis de l'aller voir dans sa solitude, ou plutôt dans son petit royaume. Je remettois toujours ma visite, et peut-être ne l'aurois-je jamais faite, si le hasard ne m'eût découvert le trésor que renferme sa paisible retraite.

J'étois prié à un bal de campagne. J'offris à une jeune personne de ma con-

noissance et à sa tante de les y conduire,
et nous convînmes de prendre en chemin
Charlotte S***. « Vous allez voir une
« femme charmante , me dit la tante,
« comme nous entrions dans le bois de
« haute-futaie au milieu duquel est si-
« tuée la maison du bailli ; n'allez pas ,
« ajouta-t-elle en riant, en devenir amou-
« reux ; elle est promise à un homme qui
« est parti depuis peu pour recueillir une
« succession , et qui doit l'épouser à son
« retour. »

J'entendis ces détails avec assez d'indifférence.

Le soleil alloit disparoître derrière la
montagne , lorsque nous arrêtames à la
porte du bailli. Il faisoit une chaleur excessive. Les dames parurent effrayées
d'un orage qui se formoit en nuages sombres et menaçans. Je m'efforçai de dissiper leur frayeur, quoique je commen-
çasse à craindre moi-même que le mauvais temps ne dérangeât la fête.

Je mis pied à terre. Une servante ouvrit, et nous pria de la part de made-

moiselle Charlotte d'attendre un instant.
Je traversai la cour, je montai un perron,
et mes yeux furent frappés en entrant
du plus agréable spectacle : six enfans,
depuis l'âge de deux ans jusqu'à douze,
entouroient une jeune personne d'une
beauté ravissante, de moyenne taille,
vêtue d'une robe blanche, avec une cein-
ture et des nœuds couleur de rose. Elle
tenoit un pain bis qu'elle leur distri-
buoit, donnant à chacun à proportion
de son âge et de son appétit. Une douce
bienveillance animoit son visage. La
reconnoissance étoit peinte sur celui
des enfans; leurs petites mains se levèrent toutes à la fois pour recevoir leur
goûter ; et lorsqu'ils l'eurent reçu, ils
s'en allèrent, les uns en sautant, les autres tranquillement, selon que leur caractère étoit plus ou moins vif, regarder
le carrosse et les chevaux qui devoient
emmener leur sœur chérie. « Je suis au
« désespoir, me dit Charlotte, de vous
« avoir donné la peine de monter et de
« faire attendre ces dames ; mais de petits

« détails de ménage et le soin de ma toi-
« lette m'ont fait oublier le goûter de
« mes enfans, et ils ne veulent le rece-
« voir que de ma main ». Je lui répondis
quelques paroles insignifiantes. Mes
yeux, mon ame tout entière étoient attachés sur elle. Je n'étois pas encore remis de mon trouble lorsqu'elle me quitta
et courut chercher son éventail et ses
gants qu'elle avoit oubliés. Les enfans
me regardoient attentivement à une certaine distance. Je m'avançai vers le plus
jeune qui étoit d'une figure charmante ;
il recula avec une sorte d'effroi. Dans ce
moment Charlotte revint, et le prenant
par le bras : « Louis, lui dit-elle, va dire
« bon jour à monsieur ». L'enfant s'approcha de moi d'un air si gracieux que je ne
pus m'empêcher de l'embrasser, malgré
sa petite mine barbouillée. J'offris la main
à Charlotte pour descendre. Elle chargea
Sophie sa sœur cadette, âgée de onze ans,
de veiller sur les enfans et d'embrasser
son père lorsqu'il seroit de retour de sa
promenade, et elle recommanda aux

enfans d'obéir à Sophie comme à elle-
même. Quelques-uns le lui promirent;
mais une petite blonde d'environ six ans,
plus avisée que les autres, s'écria : « Ce
« n'est pourtant pas toi, Charlotte; nous
« aimerions bien mieux que ce fût toi ».
Pendant ce temps deux de ses frères
étoient montés sur le siège, où ils ob-
tinrent, à ma prière, de rester jusqu'à
la sortie du bois, à condition qu'ils
se tiendroient bien, et qu'ils seroient
sages.

Nous étions à peine assis, les femmes
avoient à peine eu le temps de s'embrasser, de se faire les complimens d'usage
sur leur toilette, sur leur coiffure, et de
passer malignement en revue toutes les
personnes qui devoient composer le bal,
lorsque Charlotte fit arrêter la voiture
et descendre ses frères; elle les chargea
encore de mille choses pour son père et
pour les enfans; et nous poursuivîmes
notre route.   .

La conversation roula sur les livres
nouveaux. La tante demanda à Charlotte

si elle étoit contente des deux derniers
qu'elle lui avoit prêtés. « Non, répon-
« dit-elle ; il m'a été impossible d'en ache-
« ver la lecture, je vous les renverrai à
« mon retour. Quand j'étois plus jeune,
« ajouta-t-elle, j'aimois les romans avec
« passion. Que de fois les dimanches, re-
« tirée dans un coin solitaire, il m'est
« arrivé de passer des heures entières à
« dévorer la vie et les aventures de quel-
« que illustre héroïne ! quels transports
« de joie me causoient ses prospérités !
« que de larmes je donnois au récit de
« ses feintes infortunes ! J'avoue qu'en-
« core aujourd'hui ce genre d'ouvrages
« n'est pas sans intérêt pour moi ; mais
« comme j'ai rarement le temps de lire,
« je suis devenue difficile sur le choix des
« auteurs, et je préfère ceux qui, sembla-
« bles à Goldsmith [1], ne peignent jamais
« que des personnages pris dans la na-
« ture, et dont les tableaux simples et
« fidèles me retracent l'image de mon in-

[1] Auteur du joli roman du ministre de Wakefield.

« térieur, et les charmes touchans du
« bonheur domestique. »

Je m'efforçai en vain de cacher l'émotion que j'éprouvois. Je n'étois plus maître de moi, et me livrant à toute ma sensibilité, je m'exprimai avec une chaleur,
une véhémence extrèmes. Ce ne fut qu'au
bout de quelques instans que, Charlotte
adressant la parole à ses compagnes, je
m'apperçus de leur présence. La tante
me regarda d'un air railleur auquel je fis
peu d'attention.

On parla ensuite de musique et de
danse. « Si c'est un défaut de les trop ai-
« mer, dit Charlotte, au moins convien-
« dra-t-on qu'il en est peu d'aussi excu-
« sables. Pour moi, je ne connois pas de
« plus vives jouissances: quand je suis
« dans une disposition mélancolique, je
« n'ai qu'à jouer sur mon clavecin une ou
« deux contredanses, et mon chagrin se
« dissipe à l'instant. »

Avec quelle avidité j'écoutois ses moindres discours! comme je la dévorois des
yeux! La voiture arrêta, et je ne me

doutois point encore qu'elle eût changé
de place. Je descendis, tellement absorbé
que je n'entendis pas la musique qui re-
tentissoit déja de toutes parts.

On dansoit un menuet qui fut suivi
d'une angloise. Je te laisse à juger de ma
joie quand je vins à figurer avec Charlotte : tu ne peux te faire une idée de la
perfection de ses pas, de l'harmonie, de
la grace enchanteresse de tous ses mouvemens.

Je la priai pour la première walse.
Nous nous amusâmes d'abord aux diffé-
rentes passes, et nous laissâmes la place
aux plus pressés pour éviter la confusion ;
mais lorsqu'ils l'eurent quittée, je m'en
emparai à mon tour. Je ne me possédois
plus. Tenir dans mes bras la plus séduisante des femmes, voler avec elle comme
la foudre, voir l'univers entier disparoître autour de moi, hors un seul objet...
Cher William, je ne sais, mais je t'assure
qu'une femme que j'aimerois, dont je serois aimé, ne walseroit jamais avec un
autre que moi.

A la troisième angloise nous fûmes le
second couple ; et tandis que nous nous
abandonnions au plaisir de la danse, une
femme d'un certain âge, qui observoit
depuis quelque temps Charlotte, s'approcha d'elle en riant, et la menaçant
du doigt prononça deux fois le nom d'Albert d'une manière expressive. «Qu'est-ce
« qu'Albert, lui dis-je, s'il est permis de
« vous le demander »? Elle alloit répondre, quand nous fûmes obligés de nous
séparer pour faire la chaîne. Je crus m'appercevoir que ma question avoit élevé
sur son front un léger nuage : lorsque
nous nous rejoignîmes, il étoit dissipé.
« Albert, me répondit-elle avec gaieté,
« est le nom de celui à qui je suis pro-
« mise ». Ce qu'elle me disoit ne m'étoit
pas nouveau: la tante m'en avoit prévenu
en chemin ; cependant j'en fus aussi surpris que si je l'eusse entendu pour la
première fois, tant l'espace de quelques
heures avoit apporté de changement dans
ma situation ! Je perdis la tête, je fis
manquer les figures, et Charlotte eut

besoin de toute sa présence d'esprit pour
réparer le désordre.

Le bal n'étoit pas encore terminé. Les
éclairs qui brilloient depuis long-temps
à l'horizon commencèrent à devenir plus
violens, et le tonnerre couvrit entièrement la musique. Un accident qui nous
surprend au sein du plaisir nous affecte
ordinairement davantage, soit à cause du
contraste pénible qu'il forme avec notre
joie, soit parceque la sensibilité de nos
organes une fois excitée nous dispose à
recevoir plus promptement et avec plus
de force toutes sortes d'impressions. C'est
sans doute à l'une de ces causes qu'il faut
attribuer les ridicules grimaces que je vis
faire à la plupart des femmes : les unes
couroient épouvantées en poussant des
cris ; les autres se cachoient le visage
contre la muraille, sans oser tourner la
tête, et se bouchoient les oreilles : enfin
la frayeur et la confusion étoient au comble, lorsque l'hôtesse entra fort à propos, et nous conduisit dans une chambre
où il y avoit des volets. A peine y fûmes-

nous entrés que Charlotte forma un cercle avec des chaises, et ayant invité tout
le monde à s'asseoir, proposa le jeu suivant.

« Je vais courir autour du cercle de
« droite à gauche. Chacun appelera le
« nombre qui sera le sien quand je pas-
« serai derrière lui ; et cela doit se faire
« avec une grande vîtesse jusqu'à mille.
« Celui qui hésite ou se trompe reçoit
« un soufflet. Attention, je commence ».
Après cette courte explication, elle se
mit à courir en rond, les bras étendus.
Le premier derrière lequel elle passa appela un, le second deux, le troisième
trois, et ainsi de suite. Insensiblement
elle courut plus vîte, et toujours de plus
en plus vîte. Quelqu'un se trompa, un
soufflet ; seconde faute, second soufflet :
j'en reçus deux pour ma part, et je crus
sentir avec une joie secrète qu'elle me les
donna plus fort qu'aux autres. Des éclats
de rire universels terminèrent le jeu
avant qu'on eût compté jusqu'à mille.

L'orage étoit maintenant dissipé. Les

plus hardies se levèrent. Je suivis Charlotte dans la salle du bal. «Avez-vous vu,
« me dit-elle en chemin, comme le jeu et
« le mouvement ont banni l'idée du dan-
« ger? J'étois une des plus craintives,
« mais l'effort que j'ai fait pour inspirer
« du courage aux autres m'en a donné à
« moi-même». Nous nous approchâmes
de la fenêtre. Il tonnoit encore dans le
lointain; une pluie abondante arrosoit la
terre, et l'air étoit embaumé des plus
suaves parfums. Charlotte appuyée sur
son coude, dans une attitude pensive,
parcouroit la contrée de ses regards. Je
vis des larmes rouler dans ses yeux qu'elle
leva tour-à-tour vers le ciel et vers moi :
O Klopstock! s'écria-t-elle. A l'instant je
me rappelai l'ode [1] sublime à laquelle elle
faisoit allusion. Son émotion passa dans
mon ame ; je pris sa main, je la baisai
avec feu, et je l'inondai de mes pleurs.

Cependant la pluie cessa ; le soleil sortit pur et radieux du sein des nuages, et

[1] L'ode de Klopstock sur la renaissance du printemps.

3

toute la campagne rafraîchie parut animée d'une vie nouvelle. Nous montâmes
en voiture. Les dames ne tardèrent pas à
s'endormir ; Charlotte me demanda si je
n'avois pas envie de faire comme elles.
« Aussi long temps que je verrai ces yeux
« ouverts, lui répondis-je en la regardant
« avec ivresse, il n'y a pas de danger que
« le sommeil approche des miens ». Nous
arrêtâmes devant la maison du bailli ;
une servante nous attendoit. Charlotte
s'informa de la santé de son père et des
enfans ; ils se portoient tous bien et dor-
moient encore. Je la quittai avec la permission de la revenir voir le soir même.
Je l'ai vue, et maintenant le soleil et les
astres peuvent achever tranquillement
leurs révolutions. Je ne sais plus quand
il est nuit, ni quand il est jour ; il n'est
plus pour moi qu'un seul objet dans
l'univers.

Le 21 juin.

Mon bonheur ne peut se comparer qu'à
celui des esprits bienheureux, et désormais quelque chose qui m'arrive, je n'en
aurai pas moins joui des plus pures délices de la vie. Je suis tout-à-fait établi à
Walheim. Une demi-heure suffit pour me
rendre de là chez Charlotte, et pour
m'enivrer de toute la félicité dont le
cœur humain est susceptible.

Qui m'eût dit, quand je faisois de ce
hameau le but ordinaire de mes promenades, qu'il étoit situé si près du ciel?
Combien de fois dans mes courses solitaires me suis-je arrêté tantôt sur la montagne, tantôt dans la plaine au-delà du
fleuve pour contempler la demeure qui
renferme aujourd'hui l'unique objet de
toutes mes affections!

Cher William, j'ai bien souvent réfléchi sur le desir naturel à l'homme de
faire des découvertes, d'étendre la sphère
de ses connoissances, et sur ce penchant

secret qui le ramène toujours en lui-
même, et sous les chaînes de l'habitude.

J'essaierois en vain de te peindre les
sensations que j'éprouvai quand, du
sommet de la colline, je dominai pour
la première fois sur la contrée. Ce bois
touffu, me disois-je, que son ombrage
doit être délicieux! Quel immense horizon l'œil embrasse de cette cime élevée!
Ces collines enchaînées les unes aux autres, ces riantes vallées, qu'il est doux
de s'égarer dans leurs nombreux con-
tours! Séduit par la perspective, je prê-
tois à ces objets des formes parfaites, de
magiques couleurs. J'allai les voir de
près, et je revins sur mes pas sans avoir
trouvé ce que j'espérois. Il en est de l'é-
loignement comme de l'avenir: une masse
confuse, obscure, existe devant nous;
nous tendons de tous nos vœux à nous
en rapprocher, à percer le voile sous lequel elle se dérobe à nos yeux. Avons-
nous franchi la distance qui nous en séparoit; ce nuage d'ignorance et d'incertitude est-il dissipé; nous devenons la

proie de nouveaux desirs , et notre ame ,
trompée dans son attente , se rattache à
une autre chimère.

Ainsi le voyageur, las d'une vie agitée ,
souhaite enfin de revoir sa patrie. Il
goûte auprès de ses foyers , dans les bras
de son épouse , au milieu de ses enfans ,
le bonheur qu'il cherchoit en vain aux
extrémités du monde.

Le 29 juin.

LE médecin de la ville vint voir hier le
bailli. Il me trouva couché par terre avec
les enfans , et prenant part à leurs jeux.
Le docteur , personnage grave et métho-
dique , jugea ma conduite au-dessous de
la dignité d'un homme , et me le témoigna par un souris méprisant. Je n'eus pas
l'air de m'en appercevoir , mais le laissant débiter à loisir de belles phrases ,
je relevai le château de cartes qu'avoient
abattu les enfans.

Oui, mon cher William, les enfans
sont sur la terre les êtres que j'affec-
tionne le plus. J'aime la candeur de leurs
esprits, l'innocence et la pureté de leurs
ames ; tout en eux me charme et m'intéresse. Leurs moindres actions me dé-
couvrent le germe des vertus, le principe des forces qui leur seront un jour si
nécessaires ; je lis dans l'opiniâtreté de
l'un le présage d'un caractère ferme et
généreux, dans la légèreté de l'autre une
heureuse disposition d'esprit à effleurer
toutes les choses de la vie, et à glisser
rapidement sur ses écueils ; ils me rappellent les divines paroles du législateur
des hommes : *Si vous ne devenez semblables à l'un d'eux*; et cependant, mon
ami, ces enfans, nos égaux, nos mo-
dèles, nous les traitons en esclaves ; il
ne leur est permis d'avoir aucun caprice.
En sommes-nous donc exempts ? et sur
quoi fondée cette prérogative ? Est-ce
sur l'avantage de l'âge et de l'expérience ?
Grand Dieu ! du haut du ciel, tu vois de
grands, de petits enfans, et rien de plus,

et ton fils nous a depuis long-temps appris quels sont ceux qu'il préfère.

Le 1er juillet.

CHARLOTTE va passer quelques jours à la ville chez une de ses amies qui se meurt, au dire des médecins, et qui a desiré que cet ange lui fermât les yeux. Heureux, cent fois heureux, le malade consolé par Charlotte !

Nous allâmes la semaine dernière rendre visite au ministre de St***, village situé dans la montagne à une lieue d'ici. Nous arrivâmes à quatre heures du soir dans la cour du presbytère ombragée par deux beaux noyers. Le bon ministre étoit assis sur un banc devant sa porte. Il se leva dès qu'il nous vit, et s'efforça, malgré sa foiblesse, de venir au-devant de nous. Charlotte courut à lui, l'obligea de se rasseoir, et se plaça à ses côtés. Avec quelle grace elle s'occupa de lui! comme

elle éleva la voix de peur qu'il ne s'ap-
perçût de sa surdité! Le voyant tour-
menté de la crainte de la mort, elle lui
cita, pour le rassurer, l'exemple de plusieurs vieillards qui avoient poussé leur
carrière jusqu'à un terme inespéré. Elle
vanta les eaux de Carlsbad, et lui con-
seilla d'y passer la saison prochaine; enfin elle le félicita sur l'amélioration qu'elle
trouvoit dans sa santé depuis qu'elle ne
l'avoit vu.

Pendant ce temps je m'entretenois
avec la femme du ministre. La physionomie de ce dernier s'animoit de plus en
plus, et comme il remarqua que je prenois plaisir à regarder les noyers qui
nous couvroient de leur ombre, il se
mit, quoiqu'avec un peu de peine, à
m'en raconter l'histoire. « Le plus vieux,
« dit-il, j'ignore qui l'a planté; le plus
« jeune aura soixante ans au mois d'oc-
« tobre; il est de l'âge de ma femme. Son
« père, qui fut mon prédécesseur dans
« cette cure, le planta le jour de sa nais-
« sance. Cet arbre lui étoit bien cher, et il

« ne me l'est pas moins. Ma femme filoit,
« assise sous ce treillage, lorsque j'entrai
« pour la première fois dans cette cour
« il y a quarante ans ; je n'étois encore
« que simple étudiant. J'eus le bonheur
« de plaire au ministre ; il me choisit
« pour gendre, et en mourant me nom-
« ma son successeur ». Charlotte l'interrompit pour lui demander des nouvelles
de sa fille ; il répondit qu'elle étoit allée
dans la prairie surveiller les faneuses.

Comme il achevoit ces mots elle arriva
suivie de M. Schmidt, et courut embrasser Charlotte d'un air affectueux. Je n'ai
guère vu de femme aussi attrayante que
Julie. C'est une jeune brune, bien faite,
piquante et spirituelle. Son amant, car
M. Schmidt nous parut bientôt tel, ne
manqueroit pas d'agrément s'il avoit un
extérieur moins froid. Il ne voulut jamais se mêler à la conversation, quelque
chose que fît Charlotte pour l'y engager ;
et ce qui augmenta ma surprise, c'est
qu'à en juger par sa physionomie, son
silence venoit moins de défaut d'esprit

que de caprice et de mauvaise humeur.
Cette conjecture ne tarda point à se con-
firmer. Julie s'étant un peu écartée à la
promenade avec Charlotte, et par occasion avec moi, le visage de M. Schmidt,
qui étoit déja fort sombre, se rembrunit
au point que Charlotte crut devoir m'a-
vertir par un signe d'être moins assidu
auprès de sa maîtresse. Je ne connois rien
de plus douloureux que de voir des jeunes gens abuser ainsi des sentimens les
plus doux de la vie, et livrer à des tourmens cruels et volontaires le cours fugi-
tif de leurs beaux ans; j'étois vivement
ému, et le soir à notre retour au presbytère, où le bon vieillard nous avoit fait
préparer une collation, la conversation
étant venue à tomber sur les biens et sur
les maux de la vie, je ne pus m'empêcher
de prendre la parole, et d'exhaler mon
dépit contre la mauvaise humeur.

« Nous nous plaignons souvent, dis-je,
« du petit nombre d'heureux jours que
« le ciel nous dispense; et cela, ce me
« semble, avec bien de l'injustice. Si nous

DU JEUNE WERTHER. 43

« étions toujours dans la disposition de
« profiter de ses bienfaits, ses rigueurs
« nous seroient aussi moins sensibles. —
« Mais, observa la femme du ministre,
« nous ne sommes point maîtres de nos af-
« fections. Dans quelle étroite dépendance
« l'ame n'est-elle pas du corps? quand
« l'un souffre, l'autre est à la gêne. — J'en
« conviens. Nous traiterons donc l'hu-
« meur comme une maladie : voyons si
« elle est sans remède. — C'est ce qu'il
« faut examiner, dit Charlotte. Pour moi,
« je pense qu'il dépend un peu de nous de
« la guérir. Lorsque je sens de la disposi-
« tion à la tristesse ou à l'ennui, je fais
« un tour ou deux de promenade, et ma
« gaieté revient. — Voilà précisément ce
« que je voulois dire. Il en est de l'humeur
« comme de la paresse (ces deux vices
« ont beaucoup d'analogie) : nous ne
« sommes naturellement que trop portés
« à l'oisiveté ; cependant si nous faisions
« sur nous quelque effort, l'habitude du
« travail nous deviendroit bientôt douce
« et facile. »

Julie m'écoutoit attentivement.

Le jeune homme se tourna vers moi d'un air grave et composé, et m'objecta « qu'il étoit très difficile de commander « à ses impressions, et qu'on ne pouvoit « répondre de soi que jusqu'à un certain « point. — Il s'agit ici, repartis-je, d'une « impression pénible que chacun vou- « droit repousser ; mais personne ne con- « noît l'étendue de ses forces sans les avoir « essayées. Que n'imitons - nous le ma- « lade ? il consulte les plus habiles méde- « cins, se soumet aux remèdes les plus « violens, au régime le plus sévère pour « recouvrer la santé qu'il a perdue ». Je remarquai que le bon vieillard avançoit la tête afin de mieux entendre ; j'élevai la voix, et m'adressant à lui : « On prêche « contre tous les vices en général ; cepen- « dant je n'ai point encore ouï dire qu'on « ait attaqué l'humeur en chaire. — Ceci, « répondit il, regarde les prédicateurs de « ville : les paysans n'ont point d'humeur. « Je ne ferois pourtant pas mal d'en tou- « cher de temps en temps quelque chose

« dans mes prônes, ne fût-ce que pour
« servir de leçon à ma femme et à mon-
« sieur le bailli. »

Tout le monde se mit à rire, et le vieillard aussi, de si bon cœur qu'il fut pris
d'un violent accès de toux qui commanda
un moment de silence. M. Schmidt le
rompit en ces termes : « Vous avez appelé
« l'humeur un vice ; il me semble que
« cela est exagéré. — En rien, repris-je,
« si l'on doit nommer ainsi ce qui nuit
« également à nous-mêmes et à autrui.
« Ne suffisoit-il donc pas de la triste im-
« puissance où nous sommes de contri-
« buer au bonheur les uns des autres,
« falloit-il encore nous le dérober sans
« cesse? L'homme sujet à l'humeur peut-
« il répondre de s'en rendre toujours maî-
« tre, de ne jamais répandre son poison
« corrupteur sur la joie qui lui est étran-
« gère? Parlons vrai; l'humeur a sa source
« dans un secret dépit, un mécontente-
« ment de nous-mêmes que nourrissent
« l'envie et la vanité. Nous voyons des
« hommes heureux, sans partager leur

« bien être, et cette image est insuppor-
« table. »

Charlotte sourit de la véhémence avec
laquelle je m'exprimois. Une larme de
Julie m'encouragea à poursuivre.

« Malheur! malheur à toi! m'écriai-je,
« être dur et barbare, qui abuses de ton
« empire sur une ame tendre pour lui
« ravir les jouissances qu'elle goûte en
« elle-même. Tous les trésors du monde
« ne sauroient payer un instant de cette
« félicité intime dont tes jaloux trans-
« ports l'ont privée sans retour. »

Mon cœur étoit plein; mes yeux se
remplirent de pleurs. Je continuai.

« Que ne te répetes-tu à chaque instant
« du jour : Je ne puis rien pour le bon-
« heur de mes amis que de n'y point
« mettre obstacle; car lorsque leur sein
« est en proie au noir chagrin, aux orages
« des passions, il ne dépend pas de moi
« d'y rappeler le contentement et la paix.

« Et quand la dernière heure, l'heure
« fatale a sonné pour l'innocente créa-
« ture dont tes injustes caprices précipi-

« tèrent la destinée ; lorsqu'étendue sans
« mouvement, l'œil éteint, les lèvres pâ-
« les, déja la sueur de la mort arrose son
« front décoloré... je t'apperçois debout,
« à côté de son lit, dans l'attitude d'un
« condamné. En vain le regret s'empare
« de ton ame ; en vain le remords la dé-
« chire : il n'est plus temps. Le coup fu-
« neste est porté. Ni le sacrifice de tes
« biens, ni celui de tes jours mêmes ne sau-
« roient rendre une ombre de force, une
« étincelle de vie à ta victime infortunée. »

Le souvenir d'une pareille scène, dont
j'avois été témoin, se retraça dans ce
moment à mon esprit. Je m'éloignai, et
tirant mon mouchoir je m'en couvris le
visage pour cacher les pleurs qui l'inon-
doient. Je ne revins qu'à la voix de Charlotte qui m'appeloit pour partir. Comme
elle me gronda en chemin de l'excès de
ma sensibilité ! « Vous vous tuerez, me
« dit-elle ; il faut vous ménager » ! Oh !
oui, femme angélique, je te le promets ;
je veux vivre et vivre pour toi.

Le 6 juillet.

Elle est toujours auprès de son amie
mourante, toujours cette douce et céleste
créature dont la seule présence répand la
joie et calme la douleur. Hier au soir je
sus qu'elle se promenoit avec Marianne
et la petite Amélie; je fus la joindre. Après
une heure et demie de marche, nous re-
prîmes le chemin de la ville. Nous nous
reposâmes un moment au retour près de
la fontaine, de cette fontaine qui m'étoit
jadis si chère, et que j'aime aujourd'hui
cent fois davantage. Charlotte s'assit sur
le petit mur; j'étois debout, devant elle,
en silence: je songeois au temps où mon
ame encore vuide étoit agitée d'une vague inquiétude, et ce souvenir me faisoit
mieux goûter ma félicité présente. Fontaine chérie, me disois-je, depuis long-
temps je ne viens plus respirer ta fraîcheur; je passe rapidement sur tes bords,
sans souvent même te donner un regard!

Je fus tiré de ma rêverie par la petite

Amélie qui remontoit l'escalier avec un
vase plein d'eau. Marianne voulut le lui
ôter. « Non, s'écria-t-elle, c'est à Char-
« lotte à boire la première ». Je fus si touché de la grace de cette aimable enfant
que je ne pus m'empêcher de la prendre
dans mes bras et de la baiser tendrement.
Elle se mit à pleurer. « Vous lui avez fait
« mal, me dit Charlotte ». J'étois désolé.
« Viens, Amélie, lui dit-elle en la prenant
« par la main et la menant à la source,
« lave ton visage dans l'eau fraîche; tout-
« à-l'heure il n'y paroîtra plus ». Je riois
de l'empressement de cette petite à se
débarbouiller les joues dans la crainte
qu'il ne lui vînt de la barbe. Charlotte
avoit beau crier, C'est assez, elle n'en
continuoit qu'avec plus d'ardeur.

Le soir, encore dans l'enchantement
de cette jolie scène, j'en parlai à un
homme à qui je croyois de la sensibilité,
parcequ'il a de l'esprit; mais au lieu de
partager mon émotion, il blâma grave-
ment la conduite de Charlotte; il dit
qu'il ne falloit jamais en imposer aux

4

enfans ; que c'étoit un devoir de les pré-
munir, dès le berceau, contre toute espèce de superstitions et de préjugés.
Alors je me rappelai que cet homme n'é-
toit père que depuis huit jours. Je me
tus , et ne demeurai pas moins convaincu
de cette vérité : que nous devons en agir
avec nos enfans comme Dieu en agit avec
nous ; et nous rend-il jamais plus heureux que lorsqu'il nous livre à d'agréables
chimères ?

Le 8 juillet.

Quel embarras j'éprouve dans le monde
quand on parle d'elle , quand on me demande comment je la trouve ! si elle me
platt ? Je hais ce mot à la mort. Quel est
l'homme qui , connoissant comme moi
Charlotte , n'auroit que du goût pour
elle , ne ressentiroit pas toute l'ardeur de
la passion qu'elle m'inspire ?

Le 10 juillet.

Que nous sommes enfans! comme notre destin dépend d'un coup d'œil! Nous avions fait une partie de promenade à Walheim; les dames étoient en voiture; plusieurs jeunes gens les accompagnoient à cheval. Ils s'empressoient autour de la portière, et leur adressoient d'un air fat ces propos légers et flatteurs qui nous coûtent si peu et auxquels elles attachent tant de prix. Je cherchois à rencontrer les yeux de Charlotte; ils alloient de l'un à l'autre, et moi, qui bornois tous mes vœux à la faveur d'un regard, je ne pus l'obtenir. Je lui offrois mille hommages, et elle ne faisoit pas attention à moi. La voiture s'éloigna; je la suivis de l'œil aussi long-temps que je pus la distinguer; j'apperçus Charlotte qui retournoit la tête pour regarder... qui? moi? Je ne vis que dans cette incertitude. Peut-être étoit-ce moi qu'elle regardoit! peut-être! Adieu. O que je suis enfant!

Le 11 juillet.

Madame M*** est fort mal; je prie le Ciel de conserver ses jours, puisqu'ils sont chers à Charlotte. Je ne la vois plus que rarement depuis qu'elle habite chez son amie. Hier elle m'en raconta un trait singulier.

M. M*** est un vieillard avare et chagrin, qui a fait toute sa vie le tourment de sa femme; cependant elle a toujours eu l'art de se conduire avec lui d'une manière irréprochable, et de se ménager des ressources à son insu. Peu de jours avant d'être condamnée par les médecins elle le fit appeler, et lui tint ce discours en présence de Charlotte.

« Il faut que je vous fasse une confi-
« dence qui vous épargnera après ma
« mort bien des peines et des soucis.

« Vous savez avec quelle économie j'ai
« toujours administré votre maison, et
« vous me pardonnerez, j'espère, l'arti-
« fice dont j'use depuis trente ans. Dans
« les commencemens de notre mariage
« vous ne me donnâtes, pour l'entretien
« de votre table et pour les frais du mé-
« nage, qu'une somme très modique;
« vous ne voulûtes jamais l'augmenter,
« lorsque par la suite l'état de notre mai-
« son s'accrut avec notre fortune. Enfin
« vous vous rappelez que, dans ces der-
« niers temps où nos dépenses étoient le
« plus considérables, vous exigiez que je
« pourvusse à tout avec sept florins par
« semaine. Je ne me permis aucune re-
« présentation, me réservant de prendre
« tous les huit jours l'excédant dans votre
« caisse. Personne n'a osé soupçonner
« la probité de votre femme ; je n'ai
« rien dissipé follement, et je serois allée
« sans crainte et sans remords au-de-
« vant de l'éternité, si je n'avois cru
« l'aveu que je vous fais nécessaire à
« la justification de celle qui me rem-

« placera dans ces pénibles fonctions. »

Charlotte et moi nous ne pûmes concevoir l'étrange aveuglement de cet homme qui ne soupçonnoit point de supercherie dans la conduite de sa femme, et s'imaginoit ne payer que sept florins par semaine, tandis qu'il voyoit clairement une dépense de plus du double. Mais j'ai connu des gens à qui on auroit fait accroire qu'ils étoient en possession de la cruche d'huile perpétuelle du prophète.

————

Le 13 juillet.

Je ne m'abuse point. J'ai lu dans ses yeux un véritable, un tendre intérêt pour moi. Elle m'aime! cher ami, comment ce mot a-t-il pu sortir de ma bouche? Elle m'aime! quel bonheur! quel triomphe pour moi! Comme cette idée élève et agrandit mon être! il semble que Charlotte en se donnant à moi ait rempli l'immense intervalle qui me séparoit d'elle, qu'elle m'ait fait participer de sa divine essence, et que l'éclat dont elle brille m'environne et m'illumine de toutes parts.

Est-ce présomption? est-ce conscience d'un sentiment réciproque? Je ne connois point d'homme qui puisse me faire ombrage dans le cœur de Charlotte; et cependant toutes les fois qu'elle prononce devant moi le nom d'Albert, je demeure confondu, anéanti!

Le 16 juillet.

QUEL feu brûlant se répand dans mes veines lorsque ma main touche la sienne! lorsqu'assis à table, à ses côtés, son pied effleure le mien! je l'en retire précipitamment comme d'un brasier; une force irrésistible l'en rapproche. Tous mes sens sont agités d'un douloureux délire. O son ame, pure et céleste, ignore quel prix j'attache à ces légères faveurs! combien

j'en achète la jouissance fugitive! S'il arrive dans la chaleur de la conversation
qu'elle s'avance vers moi, et que le par-
fum de son haleine parvienne jusqu'à
mes lèvres... l'effet de la foudre est moins
prompt. O William, si jamais soulevant ce
voile d'innocence et de pudeur j'osois...
Non, mon cœur n'est point corrompu;
mais il est foible, trop foible, hélas! et
de la foiblesse à la corruption il n'y a
qu'un pas.

Non, Charlotte est sacrée à mes yeux.
Le desir se tait en sa présence. Je ne sais
ce qui se passe en moi quand je suis auprès d'elle; il me semble qu'un agent
inconnu dispose de toutes les facultés de
mon être, et que je change entièrement
de nature.

Il existe un air, son air favori dont
l'expression simple et touchante calme à
l'instant mon agitation, et suspend toutes mes peines. Aucun des prodiges attri-
bués à l'harmonie ne me surprend plus;
Charlotte me les fait tous concevoir. Souvent égaré par le désespoir je suis capable

de me porter aux derniers excès : elle joue sur son clavecin cet air magique ; mon trouble s'appaise, les ténèbres de ma raison se dissipent, et je recouvre la clarté d'un jour pur et serein.

Le 18 juillet.

Il m'a été impossible de la voir aujourd'hui ; des importuns m'ont enlevé tous les momens que je lui destinois. J'ai chargé mon domestique d'une commission pour elle, afin d'avoir au moins près de moi quelqu'un sur qui ses regards se fussent arrêtés. Avec quelle impatience j'ai attendu son retour ! avec quelle joie je l'ai revu ! je lui aurois sauté au cou si je n'avois eu honte de moi-même.

Le 19 juillet,

Le matin, à mon réveil, je m'écrie : Je la verrai ce soir, et tout le reste du jour je n'ai pas d'autre pensée, d'autre desir.

———

Le 20 juillet.

Non, mon ami, je n'accompagnerai pas l'ambassadeur à D***; je suis trop ennemi de la dépendance, et l'on connoît assez le caractère impérieux de cet homme. Ma mère, dis-tu, voudroit me voir occupé. Je ris de ce souhait. Eh! me croit-elle donc dans l'inaction? Qu'importe au fond quel emploi je fais de mon temps [1],

[1] Il y a dans l'allemand : *Qu'importe que j'écosse des lentilles ou des pois?* Les traducteurs ont soigneusement conservé cette niaiserie et mille autres semblables qui font de cet ouvrage, en général si bien écrit, un mélange bizarre et monstrueux de passion, de ridicule, d'éloquence, et de mauvais goût.

(*Note du traducteur.*)

puisque dans le monde tout est erreur
et folie? et la plus grande de toutes n'est-
elle pas de sacrifier son existence à l'ambition des honneurs et des richesses, sans
y être poussé par son goût, ni par le
besoin!

———

Le 24 juillet.

Tu me demandes si je travaille? Jamais
je n'eus un sentiment si vif, si profond
des beautés de la nature ; mais l'expression me manque. Mes idées incertaines
et confuses se ressentent du désordre de
mon ame. Trois fois j'ai commencé le
portrait de Charlotte, et trois fois j'ai
été forcé de l'abandonner. Dans mon désespoir j'ai crayonné sa silhouette, et il
faudra que je m'en contente.

———

Le 26 juillet.

J'ai déja formé vingt fois le projet de ne pas la voir si souvent ; mais comment y être fidèle ? Tous les jours je me promets de résister à la tentation, et tous les jours j'y succombe. « Demain, me dis-je, je « resterai chez moi », et le lendemain il se trouve toujours quelque raison d'en sortir. Charlotte m'a dit la veille : «Vous « reviendrez demain ». Le moyen d'y manquer ? Elle m'a donné un ordre en la quittant ; je ne puis me dispenser de lui en rendre compte. Le temps invite à la promenade ; je dirige mes pas vers Walheim, et quand j'y suis parvenu, « Il n'y a plus, « m'écriai-je, qu'une demi-lieue d'ici « chez Charlotte : comment renoncer au « bonheur lorsqu'il est si près de moi ! »

Le 3o juillet.

Albert est arrivé ; il faut que je parte.
Fût-il le plus parfait, le plus généreux des hommes, eût-il tous les droits
imaginables à mon respect, à ma défé-
rence, je ne pourrois lui faire le sacrifice de mon amour, je ne pourrois le
voir paisible possesseur de Charlotte.
William, il est donc vrai, l'époux de
Charlotte est ici ! Grace au Ciel, je n'ai
point été témoin de leur entrevue ; elle
m'auroit déchiré l'ame. Il ne l'a point
encore embrassée devant moi : je dois
l'aimer à cause du respect qu'il lui témoigne. D'ailleurs il me traite avec tant
de bonté ! il a pour moi tant d'egards !
Peut-être à la vérité en suis-je moins re-
devable à sa bienveillance qu'aux bons
offices de Charlotte ; car les femmes ont
un art prodigieux pour maintenir l'harmonie entre deux amans rivaux dont la
conservation intéresse leur plaisir ou leur
amour propre.

Malgré le peu de rapports qui existent entre Albert et moi, je me sens de l'attrait pour lui. Son extérieur froid, ses goûts tranquilles contrastent avec l'impétuosité de mon caractère que rien ne peut domter. Il a du discernement et paroît connoître le prix du trésor qu'il possède. Je le crois aussi peu sujet à l'humeur, celui de tous les défauts que je hais le plus. Il a conçu de moi une opinion favorable. Mon attachement pour Charlotte, cet intérêt si vif que je prends à ce qui la concerne excite et flatte sa tendresse. Te dire qu'il soit inaccessible à tout sentiment de jalousie, c'est ce dont je n'oserois répondre : je sais bien qu'à sa place j'aurois de la peine à m'en défendre entièrement.

Désormais que tout conspire à leur félicité, il n'en existe plus pour moi. Est-ce erreur? est-ce aveuglement? qu'importe le nom? la chose parle assez d'elle-même. Je savois avant l'arrivée d'Albert ce que je sais aujourd'hui : je savois que tout desir, tout espoir m'étoit interdit; je

n'en nourrissois aucun, autant du moins
que je pouvois m'en préserver à la vue
de tant de charmes; et maintenant d'où
naît ma surprise, ma consternation, lorsqu'Albert de retour réclame ses droits et
s'empare de son bien?

Je vous entends d'ici, vains discou-
reurs, pédagogues insensés, me prêcher
la patience, la résignation à des maux
sans remède. Qui me délivrera de cette
engeance maudite? Cher ami, j'erre à
l'aventure : je m'enfonce dans l'épaisseur
des bois; puis de retour auprès de Charlotte, si je trouve Albert à ses côtés, je
perds la tête et fais mille extravagances.
« Au nom de Dieu, me disoit-elle ce ma-
« tin, plus de scènes comme celle d'hier
« au soir; vous êtes terrible quand ces
« accès vous prennent». Entre nous, j'épie
le moment où Albert est absent, je vole
aussitôt chez elle, et quand j'ai le bonheur de la trouver seule, peins-toi les
transports de ma joie.

Si j'étois sage je pourrois mener encore
une vie douce et paisible. Fut-il jamais
mortel aussi comblé des faveurs de la
fortune? tant il est vrai que le cœur fait
seul sa félicité! Associé à une famille charmante, chéri du vieux bailli comme un
fils, de ses enfans comme un père, et de
Charlotte avec toute la tendresse d'une
sœur; rien ne manque à mes vœux. Albert, le bon Albert n'empoisonne ma joie
par aucun transport jaloux; il me témoigne une affection de frère; il se plaît à
épancher dans mon sein ses plus secrètes
pensées : après sa femme je suis l'être
qu'il aime le mieux. Souvent nous passons des heures entières à nous promener
ensemble: il m'entretient de Charlotte,
de sa respectable mère; il me raconte
comme à son lit de mort elle recommanda
sa fortune et ses autres enfans à cette
fille chérie, et Charlotte à lui-même. Depuis ce temps, me dit-il, un nouvel esprit

semble l'animer. Véritable mère de famille les soins de son ménage, l'amour
et la bienfaisance remplissent tous ses
momens; et malgré les détails sérieux
qui l'occupent sans cesse, elle n'a rien
perdu de sa grace, ni de sa gaieté. Il dit...
Et moi pendant ce temps je cueille sur le
bord du chemin des fleurs que je jette
dans le fleuve, et l'ame agitée d'un triste
pressentiment, je les regarde avec douleur disparoître et fuir loin de moi.

P. S. Je ne sais si je t'ai mandé qu'Albert vient d'être nommé à une place qui
le fixera ici. Je ne connois personne qui
l'égale en intelligence et en activité dans
les affaires.

———

Le 12 août.

ALBERT est bien le meilleur des hommes; il faut que je te rapporte une conversation singuliere que j'eus hier avec
lui. Ayant le projet de faire une excur-

5

sion dans les montagnes voisines de la
ville, j'allai lui dire adieu: en me pro-
menant dans sa chambre j'apperçus des
pistolets; je le priai de me les prêter. « Vo-
« lontiers, me répondit-il, à condition
« que vous les chargerez vous-même;
« depuis l'accident arrivé presque sous
« mes yeux, je n'ai plus d'armes à feu
« que pour la forme. »

Ces mots piquèrent ma curiosité; il la
satisfit de la manière suivante. « J'étois à
« la campagne depuis environ trois mois:
« un soir, que le mauvais temps me te-
« noit renfermé chez moi, dans mon dés-
« œuvrement, il me vint, je ne sais com-
« ment, à l'esprit, que je pouvois être
« surpris, attaqué pendant la nuit, et que
« des pistolets m'étoient nécessaires. Je
« donnai les miens à mon domestique
« avec ordre de les charger: au lieu de
« me les rapporter, il s'amuse à jouer avec
« les servantes, à les coucher en joue pour
« leur faire peur. Une des armes part, et
« la baguette restée dans le canon va frap-
« per une jeune fille à la main droite, et

« lui fracasse le pouce. Juge de ses cris,
« de mon désespoir, de la consternation
« de toute la maison. Mon ami, à quoi
« sert donc la prévoyance, puisque l'évè-
« nement trompe presque toujours ses
« plus sages mesures! »

Ici je te fais grace de vingt distinctions
subtiles et d'autant de parenthèses, le
tout pour prouver, ce que tu sais d'a-
vance, qu'il n'y a point de règle sans ex-
ception. Car tel est le caractère d'Albert.
Lorsqu'il craint d'en avoir trop dit, il ne
cesse d'adoucir, de modifier, de restrein-
dre ses expressions, jusqu'à ce qu'il se
trouve entièrement hors de la question.
Il s'enfonça cette fois si avant dans ses
rêveries métaphysiques que je le perdis
bientôt de vue. Je pris les pistolets, et
m'amusant à les manier, soit par distrac-
tion, soit par un mouvement involon-
taire, je les portai brusquement à mon
front. « Ciel! s'écria-t-il en m'arrachant
« les armes avec un geste d'effroi, que
« faites-vous? — Elles ne sont pas char-
« gées, lui dis-je. — Eh! qu'importe? Que

« signifie ce mouvement? seriez-vous
« assez fou? l'idée seule fait frémir. »

« O hommes! m'écriai-je à mon tour,
« faut-il que vous vous arrogiez le droit
« de prononcer sur tout? Ceci est raison-
« nable, ceci est fou, ceci est bien, ceci
« est mal. Êtes-vous donc en état d'en
« juger? possedez-vous la connoissance
« des rapports intimes des choses? Ah!
« qu'avec plus de lumières vous seriez
« moins prompts, moins absolus dans vos
« décisions! »

« Vous m'accorderez au moins, repar-
« tit Albert, que certaines actions sont
« toujours condamnables, quels qu'en
« soient les motifs et les circonstances. »

— « J'en conviens: cependant ceci mê-
« me souffre des exceptions. Ainsi, par
« exemple, le vol est un crime; mais le
« malheureux qui, pour sauver des an-
« goisses de la faim sa famille éplorée,
« dérobe au riche une foible portion de
« son superflu, vous semble-t-il mériter
« la compassion ou la mort? Punirez-vous
« du dernier supplice l'époux offensé qui,

« dans le transport d'un juste ressenti-
« ment, immole à son honneur une femme
« infidèle et son vil séducteur? cette foi-
« ble et intéressante créature qu'une er-
« reur passagère a rendue pour jamais
« coupable et infortunée. Les lois même,
« ces tyrans inflexibles, se relâchent pour
« eux de leur rigueur, et pardonnent
« à la nature un moment de fureur ou
« d'oubli. »

— « Vous changez la question. Le mal-
« heureux que les passions égarent n'a
« plus l'usage de sa raison, et les lois en
« lui pardonnant le traitent comme un
« homme ivre, ou comme un fou. »

— « Oh, vous autres gens raisonnables,
« vous voilà tous! Passion! ivresse! folie!
« dites-vous; vous en parlez si à votre
« aise! Injuriez l'homme ivre, méprisez le
« fou, remerciez Dieu comme le pharisien
« de ce que vous ne leur ressemblez pas.
« J'ai été ivre plus d'une fois, les passions
« m'ont égaré, j'ai été fou, et je n'en
« rougis point; car n'est-ce pas la cou-
« tume d'outrager l'homme extraordi-

« naire, l'homme de génie qui ose se
« frayer loin du vulgaire des sentiers in-
« connus, et tenter pour la postérité quel-
« que mémorable entreprise? Ainsi donc
« toute action noble et généreuse doit en-
« courir l'opprobre de ces odieuses im-
« putations! Êtres sages et froids, que
« rien ne sauroit émouvoir, rougissez bien
« plutôt, à vous seuls appartient la honte!»

— « Voilà de vos déclamations accou-
« tumées; vous dénaturez tout. Avouez
« pourtant que vous avez grand tort de
« comparer le suicide, dont il s'agit ici,
« aux actions généreuses. On ne peut,
« en effet, le considérer que comme une
« foiblesse; car lorsque la vie est devenue
« un supplice, il faut incomparablement
« plus de courage pour en supporter le
« tourment que pour s'en affranchir [1]. »

[1] Ceux qui se rappellent les deux lettres de la nouvelle Héloïse, où Rousseau défend et combat tour-à-
tour le suicide avec cette éloquence entraînante que nul
écrivain n'a possédée au même degré que lui, s'apper-
cevront sans peine combien le citoyen de Genève l'emporte sur l'auteur allemand. De toutes les parties de la

J'étois près d'éclater : dans une conversation animée, où je parle avec effusion
de cœur, je ne hais rien tant que des lieux
communs et de froides maximes. Je me
contins toutefois (ce n'est pas d'aujour-
d'hui que j'ai dû prendre sur moi cet empire), et je lui répondis aussi tranquillement que je le pus : « Le suicide une foi-
« blesse ! quel blasphême ! Quoi ! vous
« mépriserez ce peuple magnanime qui
« brise les fers d'un tyran barbare et re-
« couvre sa liberté ? Quoi ! vous traiterez
« de lâche cet homme qui rappelle toute
« son énergie à la vue de sa maison en
« flammes , et transporte aisément des

composition , celle du raisonnement paroît être la plus
étrangère à Goethe : dès qu'il s'agit de suivre un principe,
de le développer , d'en tirer des conséquences , il est hors
de son terrain , il s'écarte de sa route , et s'égare dans
des rêveries abstraites ou de froides déclamations. Le
mérite de son livre , car on ne peut nier qu'il n'en ait un
très grand, consiste dans la connoissance approfondie
du cœur humain , dans la peinture énergique de la plus
terrible des passions , et sur-tout dans cette teinte sombre et mélancolique qui règne dans tous ses tableaux, et
qui donne à ses personnages un intérêt si touchant.

(*Note du traducteur.*)

« masses qu'il n'eût pu soulever aupara-
« vant? Ce brave qui pour laver un affront
« attaque et renverse à la fois six adver-
« saires? Ah! si l'exercice d'un courage
« ordinaire est réputé force, peut-on don-
« ner le nom de foiblesse à l'excès de ce
« même courage? »

— « Tous ces exemples, repartit Al-
« bert, me semblent étrangers à la ques-
« tion. »

— « Cela se peut, lui dis-je; voyons
« donc à l'envisager sous une autre face,
« et tâchons d'apprécier les sentimens de
« l'homme qui rejette loin de lui le far-
« deau réputé si doux de la vie ; car pour
« juger sainement d'une action il en faut
« analyser les motifs et considérer la fin.
« La nature humaine, poursuivis-je, a
« ses bornes; elle résiste au plaisir et à la
« douleur jusqu'à un certain point, au-
« delà duquel elle succombe : ainsi il ne
« s'agit point de savoir si tel homme est
« foible ou courageux, mais s'il peut
« porter ou non le poids de ses peines
« physiques et morales, et je trouve aussi

« ridicule d'appeler lâche le malheureux
« qui se tue, que le malheureux qu'em-
« porte une fièvre maligne. »

Albert se mit à crier au paradoxe. Je
l'interrompis brusquement.

— « Nous sommes convenus, lui dis-
« je, de nommer maladie mortelle celle
« qui attaque directement les principes
« de la vie, et soit en détruisant nos for-
« ces, soit en les paralysant, s'oppose à
« ce qu'une crise favorable en rétablisse
« l'équilibre. Appliquons ceci à l'esprit.
« Dans son assiette ordinaire il reçoit et
« transmet avec ordre ses idées et ses
« impressions ; mais dès qu'une passion
« dominante s'en empare, il se trouble,
« et finit quelquefois par s'aliéner. Le
« sage, témoin du triste sort de l'insensé,
« s'afflige de l'impuissance où il est de
« remédier au désordre de sa raison ; de
« même que le jeune homme, plein de
« force et de santé, regrette de ne pou-
« voir faire passer dans les veines du ma-
« lade à l'agonie une goutte du sang pur
« et subtil qui arrose les siennes. »

C'étoit parler d'une manière trop générale pour Albert; je crus que je me ferois mieux entendre par un exemple, et je lui citai celui d'une jeune fille qui s'étoit noyée depuis peu.

« Une douce et innocente créature, ac-
« coutumée dès l'enfance à l'occupation
« et à la retraite, vivoit heureuse dans
« son village. Chaque jour ramenoit pour
« elle les mêmes travaux et les mêmes
« plaisirs. Son unique amusement étoit
« de se promener les dimanches avec ses
« compagnes, et de danser les jours de
« fêtes. Tout-à-coup son ame calme et
« timide devient la proie d'une ardeur
« inconnue ; ses plaisirs passés n'ont plus
« d'attrait pour elle ; le feu de l'amour
« s'est glissé dans ses veines. Un seul ob-
« jet a fixé tous ses desirs, toutes ses affec-
« tions ; elle ne voit, n'entend que lui ;
« elle veut s'unir à lui par des nœuds
« éternels, lui devoir toute la félicité
« qui lui manque, tenir de lui la réunion
« de tous les biens auxquels elle aspire.
« Des baisers hardis achèvent de l'enflam-

« mer. Tous les genres de séduction as-
« siègent à la fois son ame. Elle ne rêve
« que voluptés, que délices ; elle s'enivre
« du sentiment anticipé de son bonheur,
« et, près de le réaliser, lorsqu'elle ouvre
« les bras pour y serrer son amant, le
« barbare l'abandonne. Immobile, glacée
« de terreur, un abyme est sous ses pas ;
« elle ne voit autour d'elle qu'horreur,
« qu'obscurité ; aucun rayon d'espérance
« n'éclaire à ses yeux le sombre avenir.
« Celui en qui seul elle plaçoit son exis-
« tence ne vit plus pour elle ; l'univers
« sans son amant est un affreux désert.
« Elle ne balance pas et se précipite dans
« les flots. »

« Telle est l'histoire de mille infor-
« tunés. La nature, accablée sous le
« poids des maux, succombe, et l'homme
« meurt ! »

« Malheur à celui qui pourroit penser
« et dire : L'insensée ! que n'attendoit-
« elle ? que ne laissoit-elle agir le temps ?
« son désespoir se fût à la fin calmé, et
« la conquête d'un nouvel amant l'eût

« consolée de la perte du premier. C'est
« comme si l'on disoit : cet homme est
« mort de la fièvre; quelle folie! que ne
« différoit-il? bientôt ses forces ranimées,
« l'âcreté de ses humeurs adoucie, l'agi-
« tation de son sang calmée, il eût recou-
« vré la santé, et vivroit encore aujour-
« d'hui. »

Albert, au lieu de reconnoître la jus-
tesse de ma comparaison se mit à battre
la campagne, et s'efforça d'échapper, par
des subterfuges, à la vérité qui le pres-
soit. « Je n'avois parlé que d'une jeune
« fille simple et sans expérience; mais
« comment excuser un homme, doué de
« lumières et de raison, capable de se
« porter à un pareil excès? — Mon ami,
« lui dis-je, à quoi bon ces distinctions?
« L'homme, quoi qu'il fasse, est toujours
« homme, et le plus ou moins de raison
« qu'il peut avoir est d'un foible poids
« dans la balance, quand les passions l'a-
« gitent et que la nature reprend sur lui
« ses droits. »

Il alloit répondre; mais comme il étoit

tard je me levai pour partir, et nous nous
séparâmes sans nous être entendus, et
mécontens l'un de l'autre.

———————

Le 18 août.

TRISTE destin de l'homme! Ses maux
lui viennent presque toujours de ce qu'il
a le plus aimé. Le spectacle de la nature
qui remplissoit autrefois mon ame de
plaisir et d'admiration me pénètre aujourd'hui d'une sombre tristesse, et n'offre plus à mes regards que l'abyme toujours ouvert de la tombe. Jadis quand du
sommet d'un roc escarpé mes yeux errant au loin voyoient de toutes parts les
trésors d'une abondante végétation orner
le sein de la terre, d'antiques forêts om-
brager les montagnes depuis leur base
jusqu'à leur cime, les bosquets épars dans
la plaine animer et embellir le paysage,
le fleuve couler lentement entre les ro-
seaux qui bordent son cours, et réflé-

chir dans ses ondes les nuages qu'emporte au firmament le vent du soir ;
quand j'entendois autour de moi le ra-
mage de mille oiseaux cachés sous le
feuillage, le bourdonnement des insectes s'élevant et s'agitant dans l'air embrasé par les rayons pourprés du soleil...
avec quel ravissement je recueillois tous
ces sons, je consacrois toutes ces images!
Les ressorts du vaste univers se dévoi-
loient à moi ; je perçois en imagination
à travers les profondeurs de la terre, jusqu'au centre de ses forces occultes, de
ses opérations mystérieuses ; je décom-
posois l'étonnante structure des montagnes ; je pénétrois les mystères de l'a-
byme ; je sondois les immenses réser-
voirs qui, depuis le commencement des
siècles, alimentent les fleuves et les mers.
O comme la contemplation de ces sublimes merveilles m'accabloit de la petitesse
de l'homme et du ridicule de son orgueil! .
Parcequ'il habite d'humbles abris con-
struits de ses mains, il se croit le roi de
l'univers! Insensé! qui mesure ses pré-

tentions au poids de sa misère ! Depuis
les monts inaccessibles qui s'élèvent au
sein du désert jusqu'aux bornes incon-
nues de l'Océan, le Créateur anime tout
de son souffle. Il se complaît également
dans l'existence du moindre atome et dans
ses ouvrages les plus magnifiques. Cher
ami, le souvenir du temps où j'éprouvois
ce céleste enthousiasme me rend encore
quelques momens d'illusion ; mon esprit
se ranime par l'effort qu'il fait pour le
rappeler et pour le peindre ; mais bientôt cette force factice m'abandonne, et
je sens avec une double amertume toute
l'horreur de ma situation.

Un voile épais et lugubre s'est élevé
dans mon ame entre la nature et moi.
Cette scène si riante, si animée, n'est plus
à mes yeux qu'un champ de deuil où
triomphe la mort. Comment dire *ceci
est,* puisque tout passe et s'écoule avec
la rapidité d'un torrent, et qu'en dépit
de ses efforts pour prolonger sa frêle
existence, chaque créature disparoît à
son tour ensevelie dans les flots du temps ?

Il n'est point de minute où nous ne soyons cause et victimes de la destruction. La moindre de nos promenades coûte la vie à des milliers d'insectes ; il suffit d'un seul de nos pas pour renverser les édifices bâtis avec tant d'art par l'industrieuse fourmi. Ah ! ce ne sont point les inondations, les tremblemens de terre, les ravages des villes, la chûte des empires, ces grandes et rares calamités du globe, qui affectent le plus mon ame : ce qui la remplit d'une inexprimable douleur c'est ce fatal arrêt d'anéantissement prononcé contre tout ce qui existe ; c'est ce germe de mort que la nature a renfermé dans tous les principes de la vie. Au milieu de cet ordre admirable, de ce mouvement, de cette fermentation universelle, dont le ciel et la terre m'offrent l'image, je ne vois qu'un gouffre sans fond où tout va s'engloutir, qu'un monstre insatiable, toujours dévorant et toujours affamé.

Le 21 août.

LE matin quand je m'éveille après un sommeil agité, je l'appelle en vain ; je la cherche en vain la nuit, lorsqu'un songe enchanteur abuse mes esprits. Je me figure que je suis assis près d'elle sur l'herbe émaillée de fleurs. Je me suis emparé de sa main, que je couvre de baisers. Encore à demi plongé dans des vapeurs mensongères, j'ouvre les bras pour la serrer contre mon cœur. Dieu ! quelle douce illusion le réveil vient dissiper ! un torrent de larmes inonde mes joues, et je porte un œil consterné dans l'orageux avenir.

Le 22 août.

PLAINS moi, cher William. Je n'ai plus de force, plus d'énergie. Mon esprit, jadis si actif, est en proie au tourment d'une inquiète lassitude. Je ne puis rester

6

un instant oisif, et cependant je suis incapable de rien faire. La conversation
m'ennuie, la lecture me fatigue : hélas !
tout nous manque quand nous nous man-
quons à nous-mêmes. Heureux, mille fois
heureux le paisible journalier qui le soir
en se couchant n'envisage pour le lendemain qu'un objet, qu'une crainte, qu'une
ésperance. Souvent j'envie le sort et les
nombreuses occupations d'Albert ; je me
figure que tout iroit mieux pour moi si
j'étois à sa place. Quelquefois je suis tenté
d'écrire au ministre, et de lui demander
de l'emploi : tu m'assures qu'il m'en ac-
corderoit. Je le pense aussi. Sa bienveillance m'est connue depuis long-temps.
Cette idée me sourit pendant une heure ;
puis quand je songe à la fable du cheval
qui fatigué de sa liberté se soumet au
frein et à la bride, et reçoit le joug hon-
teux de l'homme, je ne sais plus quel parti
prendre. Mon ami, ce desir du changement n'est-il pas l'effet d'une fatale inquiétude qui me poursuit par-tout ?

———

Le 28 août.

Si mes maux n'étoient pas sans remède,
les soins de ces excellens amis viendroient
à bout de les guérir. C'étoit hier ma fète;
dès le matin je reçus un paquet d'Albert,
et je fus surpris en l'ouvrant d'y trouver
un des nœuds couleur de rose qui or-
noient le sein de Charlotte, la première
fois que je la vis, et que je lui avois souvent demandé avec instances. Il y avoit
joint une jolie édition d'Homère, mon
poëte favori. O mon cher William, ils
vont au-devant de tous mes desirs; ils ont
pour moi ces prévenances délicates, ces
attentions du cœur bien préférables aux
présens fastueux dont l'orgueil se plait
à humilier l'amitié. Je baise ces nœuds
avec transport, j'en respire l'odeur, et
pense respirer à la fois le bonheur dont
j'ai joui dans ces jours passés..... hélas! sans retour. William, je le sais, et
n'en murmure point; les fleurs de la
vie ne brillent qu'un moment : combien

se fanent avant d'être cueillies ! combien
peu donnent de fruits , et qu'il est rare
que ces fruits mûrissent ! Quelques uns
cependant parviennent à maturité , et
faut-il les laisser tomber sans en jouir?

———————

Le 3o août.

Insensé, pourquoi chercher toi-même
à t'aveugler? Où tend cette passion furieuse? Je n'adresse plus qu'à elle mes
vœux et mes prières; mon imagination
ne me présente plus d'autre image que
la sienne ; ma mémoire ne m'en retrace
point d'autre ; je ne vois qu'elle dans l'u-
nivers, ou tout par rapport à elle. Quand
j'ai passé une heure à contempler ses
traits divins , à jouir de sa conversation
enchanteresse, mes sens se troublent,
ma raison m'abandonne, ma vue se couvre d'un nuage, mes oreilles se refusent
à entendre, mon cœur bat à coups re-
doublés. Dans cet état horrible, si les

larmes ne viennent à mon secours, si
Charlotte ne m'accorde la triste douceur
d'en arroser ses mains, il faut que je
sorte. Égaré, hors de moi, je m'élance
dans la campagne, j'erre dans les plaines
désertes, sur les montagnes escarpées ;
je m'enfonce dans la profondeur des bois ;
je rougis de mon sang les ronces et les
épines qui me déchirent. Alors seulement, alors j'éprouve quelque soulagement à mes maux. Souvent accablé de
fatigue, les pieds meurtris, dévoré d'une
soif ardente, je suis forcé de m'arrêter
au milieu de la nuit dans une forêt solitaire. Guidé par le pâle flambeau de la
lune, je monte sur un arbre tortueux
pour attendre dans un pénible sommeil
le retour de la lumière. O mon ami, la
cellule d'un hermite, le cilice, la haire,
sont des voluptés au prix des tourmens
que j'endure. Adieu ; je ne vois à mon
malheur d'autre remède que le tombeau.

Le 3 septembre.

JE vais partir. Je te remercie, William,
d'avoir fixé mon irrésolution. Depuis
quinze jours j'en formois le projet. Elle
est retournée à la ville chez une de ses
amies. Je vais partir.

———

Le 10 septembre.

QUELLE nuit! William. C'en est fait,
j'ai tout surmonté, je ne la verrai plus.
O que ne puis-je voler dans tes bras! que
ne puis-je y cacher l'excès de ma douleur, de mon désespoir! Je suis assis près
de la fenêtre, je cherche à respirer l'air
pour calmer le feu qui me consume. J'attends impatiemment le jour, et demain
les chevaux seront prêts avant l'aurore.

Hélas! elle dort d'un tranquille sommeil; elle ne pense pas qu'elle ne me reverra jamais. Je me suis arraché d'auprès

d'elle ; j'ai eu la force de soutenir ma
résolution pendant un entretien de deux
heures ; et quel entretien, ô ciel !

Albert m'avoit promis de se trouver le
soir avec elle dans le jardin. Je me pro-
menai en les attendant sur la terrasse à
l'ombre des hauts chataigniers, et je vis
pour la dernière fois le soleil se coucher
derrière les collines qui bornent l'horizon. Que de fois nous étions venus en ce
lieu contempler ensemble ce majestueux
spectacle ! Cette allée m'avoit toujours
été chère. Un charme secret m'y attiroit
avant même que je connusse Charlotte ;
et dans la suite l'aveu que nous nous
fîmes de l'attrait mutuel qu'elle avoit
pour nous, fut le premier signe auquel
nous reconnûmes cette sympathie, qui
ne s'est depuis que trop fortifiée pour
mon repos.

L'allée plantée de chataigniers et de
hêtres touffus va toujours en s'étrécis-
sant, jusqu'à ce qu'elle se termine à un
cabinet obscur et solitaire. Je me souviens encore du saisissement que j'éprou-

vai lorsque j'y entrai pour la première
fois ; comme si dès-lors j'avois eu un pressentiment confus des scènes de bonheur
et de tristesse dont il devoit être pour
moi le théâtre.

Il y avoit près d'une demi-heure que
je me nourrissois de douloureuses pensées de séparation et d'adieux , d'espérances éloignées de retour , lorsque je les
entendis monter la terrasse. Je volai au-
devant d'eux , je saisis la main de Charlotte en tremblant , et je la pressai sur
mes lèvres. La lune venoit de se lever au-
dessus des noires forêts qui couvrent la
montagne ; elle éclairoit toute la terrasse à l'extrémité de l'allée , et l'effet
magique de ses rayons étoit encore aug-
menté par la profonde obscurité qui ré-
gnoit autour de nous. Nous marchions à
l'aventure ; nous arrivâmes sans nous en
douter au petit cabinet. Charlotte y entra et s'assit. Albert et moi nous prîmes
place à ses côtés. L'état où j'étois ne peut
se dépeindre. Nous gardions tous trois
le silence ; elle le rompit en ces termes :

« Jamais je ne me promène à la clarté de
« la lune que l'image des amis que j'ai
« perdus ne se présente à ma pensée, que
« le sentiment de la mort, de l'avenir,
« ne pénètre mon ame. Nous ne cesse-
« rons point d'être, continua-t-elle d'une
« voix touchante et animée; mais, Wer-
« ther, où serons-nous? Nous retrouve-
« rons-nous ? nous reconnoîtrons-nous?
« que croyez-vous ? que pensez-vous ? »

« Charlotte, dis-je en prenant sa main
« sur laquelle je laissai tomber quelques
« larmes, nous nous reverrons!... ici et
« là-haut nous nous reverrons » ! Je ne
pus rien ajouter. O mon ami, devoit-
elle me faire une pareille question quand
j'avois le cœur plein de nos funestes
adieux?

« Et ces ombres chéries, continua-t-
« elle, croyez-vous qu'elles prennent en-
« core quelque intérêt à notre destinée?
« qu'elles soient touchées des sentimens
« de respect et d'amour que nous gardons
« à leur mémoire? O je crois toujours voir
« errer autour de moi celle de ma mère, le

« soir, lorsque je préside à la réunion de
« ses enfans, qui sont devenus les miens.
« Je voudrois qu'elle fût témoin de la
« fidélité avec laquelle je remplis la pro-
» messe que je lui fis à son lit de mort
« de la remplacer auprès d'eux. Tendre
« mère, pardonne, ô pardonne si je ne
« leur tiens pas entièrement lieu de toi !
« Je fais ce que je puis ; ils sont nourris
« et vêtus, et ce qui est plus encore, ils
« sont instruits et chéris. Ah ! du haut
« des cieux où tu résides, que n'es-tu
« témoin de l'union qui règne parmi
« nous ? Quelles actions de graces n'en
« rendrois-tu pas à la Providence, que tes
« dernières prières imploroient avec tant
« de ferveur pour la félicité de tes en-
« fans ! »

« O Charlotte, dit Albert avec émo-
« tion, cessez de vous livrer à ces tristes
« souvenirs, ils affectent trop votre ame.
« Je sais que vous trouvez une douceur
« secrète à vous en nourrir ; mais, pour
« l'amour de vous, pour l'amour de
« moi!... »

« Albert, poursuivit-elle sans l'enten-
« dre, tu n'as pas oublié ces soirées où
« nous nous rassemblions autour de la
« table ronde, après avoir envoyé coucher
« les enfans. Souvent tu apportois un livre ;
« mais tu ne l'ouvrois jamais : la conver-
« sation de cette femme céleste t'en fai-
« soit perdre la pensée. »

« Charlotte ! m'écriai-je en tombant à
« ses pieds, Charlotte ! le Ciel et l'esprit
« de ta mère veillent sur toi ! »

« O que ne l'avez-vous connue ! elle
« étoit digne d'être connue de vous. »

Ce mot me fit tressaillir ; il m'éleva
au-dessus de moi-même.

« Et la mort l'a moissonnée à la fleur
« de l'âge, lorsque son dernier enfant
« n'avoit pas encore six mois. Elle con-
« serva pendant sa maladie, qui ne fut
« pas longue, toute sa douceur et sa
« résignation, ne témoignant d'autre re-
« gret que celui de quitter son mari et
« ses enfans ; le sort du petit sur-tout
« l'inquiétoit. Un moment avant d'expi-
« rer elle me fit signe de les lui amener.

« Les plus jeunes ne sentoient pas la perte
« qu'ils alloient faire ; les aînés fondoient
« en larmes. Elle les embrassa tous les
« uns après les autres , puis me regardant :
« *Sois leur mère*, me dit-elle ; je le lui
« promis. *Tu promets beaucoup, ma fille,*
« *le cœur et l'œil d'une mère ! mais ta ten-*
« *dresse et ta reconnoissance m'ont souvent*
« *fait juger que tu étois capable de remplir*
« *un pareil engagement. Aime et protège*
« *tes frères et tes sœurs ; aie pour ton père*
« *les sentimens et la soumission d'une fille ;*
« *c'est à toi de le consoler.* Elle demanda
« où il étoit. Il venoit de sortir pour lui
« cacher son désespoir. Albert , tu étois
« dans la chambre ; ma mère entendit
« marcher. Ayant su que c'étoit toi , elle
« t'appela , et , portant sur nous tour-à-
« tour des regards tranquilles : *Puissiez-*
« *vous,* dit-elle , *être heureux ! heureux*
« *ensemble !* »

    « Nous le sommes ! nous le serons tou-
« jours ! s'écria Albert en la prenant dans
« ses bras ». Le phlegmatique Albert étoit
hors de lui. Je ne me possédois plus.

« Je me souviens encore, ajouta Char-
« lotte, de l'instant fatal où l'on vint cher-
« cher son corps pour le rendre à la terre ;
« les enfans le suivirent avec moi, et
« cette cérémonie lugubre fit une telle
« impression sur eux, que long-temps
« après ils parloient encore avec frayeur
« des hommes noirs qui avoient emporté
« leur maman. »

Elle se leva en disant ces mots. Le bruit
qu'elle fit me rappela à moi ; je la pris
par la main. « Partons, me dit-elle, il
« est temps ». Elle voulut retirer sa main ;
je la retins avec plus de force. « *Nous*
« *nous reverrons*, m'écriai-je ; sous quel-
« que forme que ce soit, *nous nous recon-*
« *noîtrons*. Je vous quitte, Charlotte, je
« vous quitte ; mais si ce devoit être pour
« toujours, je sens que je n'en aurois ja-
« mais le courage. Adieu, Charlotte! adieu,
« Albert! nous nous reverrons! — De-
« main, je pense, dit-elle en souriant. »
Ce *demain* me déchira l'ame. Ah! quand
elle retiroit sa main de la mienne elle ne
savoit pas!... Ils sortirent de l'allée ; je

les suivis quelque temps des yeux, puis je me précipitai contre terre, et je répandis un torrent de larmes. Je me relevai, je courus sur la terrasse : on les distinguoit encore à travers l'ombre des châtaigniers. Je vis encore briller la robe blanche de Charlotte ; j'étendis les bras... Elle avoit disparu.

FIN DE LA PREMIÈRE PARTIE.

LES SOUFFRANCES

DU

JEUNE WERTHER.

SECONDE PARTIE.

Nous sommes arrivés hier à D***. L'ambassadeur est malade, et s'y arrêtera quelques jours. S'il étoit d'un caractère moins difficile, tout espoir de tranquillité ne seroit point banni de mon cœur; mais, hélas! je crains bien que le sort ne me réserve ici ses plus rudes épreuves. Courage néanmoins; avec de l'indifférence et de la légèreté on résiste à tout... De la légèreté! de l'indifférence! je ris de voir comme ces mots sont venus se placer sous ma plume; et cependant rien n'est si vrai. Il suffiroit d'un peu plus de

subtilité dans mon sang et dans mes humeurs pour me rendre la plus heureuse
créature que le soleil éclaire. Eh quoi!
tandis que je ne vois personne autour
de moi, de quelque mince talent que
l'ait doué la nature, qui ne paroisse satisfait et orgueilleux de son partage, moi
seul je manquerois de courage! je me
défierois de mes forces! Bonté céleste! ô
toi qui m'as comblé de tant de biens,
que n'en retenois-tu la moitié pour me
donner à la place plus d'amour-propre
et de confiance?

Patience, patience, désormais tout ira
mieux. Oui, mon cher William, depuis
que je vis dans le monde, que j'observe
les hommes, leur façon de penser et d'a-
gir, je suis moins mécontent de moi-
même. L'expérience d'ailleurs m'apprend
chaque jour que la manière d'être la plus
dangereuse, la plus contraire à notre nature, au besoin que nous avons de chercher par-tout des rapports, des objets de
comparaison, c'est la solitude; elle exalte
notre imagination, déja trop prompte à

s'enflammer. De là ces chimères de perfection et de bonheur qui nous égarent,
et dont le moindre inconvénient est de
nous inspirer le dégoût de la réalité, et
de nous plonger dans un fatal découra-
gement.

Si au contraire, luttant de toutes nos
forces contre ce sentiment pusillanime,
nous mettions à profit les moyens qui
nous sont donnés, peut-être aurions-
nous l'honneur d'atteindre au but les
premiers, et de remporter le prix; mais
dussions-nous rester en arrière, quelle
plus noble ambition que d'égaler ou de
surpasser ses rivaux dans la lice!

Le 10 novembre.

JE commence à trouver mon nouveau
genre de vie supportable. L'oisiveté du
moins est un mal que j'ignore, et cette
foule de personnages qui passent et re-
passent sans cesse devant mes yeux me

divertit extrêmement. J'ai fait connoissance avec le comte de C**, homme d'un
esprit supérieur. Il aime les arts et les
lettres, et protége ceux qui les cultivent.
Une longue expérience, en éclairant sa
raison, n'a point flétri son cœur, qui
palpite au seul nom d'amour et d'amitié;
chaque jour accroît le respect, l'attachement qu'il m'inspire. Il prit intérêt à moi
en m'entendant discuter une affaire que
j'étois chargé de lui communiquer. Dès
les premiers mots il s'apperçut que j'étois
en état de le comprendre, et qu'il pouvoit me parler comme il ne parle à personne; aussi depuis ce temps n'a-t-il rien
de caché pour moi. O mon ami! qu'il
est doux de posséder la confiance d'un
homme de mérite !

Le 24 décembre.

L'AMBASSADEUR me désespère. C'est un
esprit bizarre et chagrin, toujours mé-

content de soi-même et des autres. Tu
sais que j'écris assez facilement, et que
je n'aime point à revenir sur ce que j'ai
fait : eh bien, il trouve toujours quelque chose à reprendre à mon style. Si je
lui présente un mémoire, il l'examinera
longuement, il en pésera avec minutie
toutes les syllabes. « *C'est bien*, dira-t-il
« en me le rendant; *mais, croyez-moi,*
« *corrigez, retouchez. On gagne à revoir*
« *son ouvrage, ne fût-ce qu'une pensée*
« *plus claire, une expression plus juste* ».
Pas un adverbe, pas une particule n'é-
chappe à sa censure. Il est ennemi juré
de l'inversion. Pour peu qu'une période
manque de nombre ou d'harmonie, il
la condamne sans pitié, et je me donne
au diable toutes les fois que j'ai à travailler avec lui.

L'amitié du comte de C** est ma seule
consolation. Il m'avouoit l'autre jour que
le caractère de l'ambassadeur ne le rebu-
toit pas moins que moi. « De pareilles
« gens, me disoit-il, sont le fléau de la
« société ; mais quand on est dans leur

« dépendance, il faut se résigner, et
« faire comme le voyageur qui arrive au
« pied d'une montagne : sans doute cet
« obstacle augmente la longueur et les
« difficultés de sa route ; mais il n'a pas
« la liberté du choix. Il est forcé de pas-
« ser par là. »

L'ambassadeur, qui s'apperçoit de l'affection que le comte me témoigne, ne
perd aucune occasion de l'attaquer en
ma présence. Je le défends, comme tu
l'imagines, et son dépit en augmente.
Hier il faillit à triompher de ma patience.
Il me dit, d'un ton railleur dont je sentis
aisément la double malignité : « Qu'on ne
« pouvoit refuser au comte de l'intelli-
« gence pour les affaires, ni une certaine
« élégance dans le style ; mais qu'il man-
« quoit de fonds comme la plupart des
« beaux esprits ». Ce discours, qu'il
accompagna d'un rire sardonique, ne
produisit pas sur moi l'effet auquel il
s'attendoit. Je n'éprouvai que du mépris
pour un homme capable de penser et de
s'exprimer de la sorte. Je lui répondis

avec un sang-froid qui le déconcerta :
« Le comte, par sa vaste érudition, aussi
« bien que par l'excellence de son cœur,
« mérite l'estime universelle ; et je ne
« connois personne qui réunisse au même
« degré que lui, à la profondeur de la
« science, à la solidité du jugement, la
« grace et la légèreté de l'esprit ». Ce langage étoit de l'algèbre pour l'épais cerveau de mon ambassadeur. Je me tus, et
sortis un instant après pour éviter les
inconvéniens d'une plus longue discus-
sion.

Voilà dans quel abyme vous m'avez
jeté, vous qui, parant vos persécutions
des vains dehors de l'amitié, avez exigé
de moi le sacrifice de mes goûts et de
mon indépendance. « Fuyez, me répé-
« tiez-vous sans cesse ; renoncez à une
« folle passion. » J'ai fui, j'ai quitté ce que
j'avois de plus cher au monde. En suis-
je plus heureux, ou moins à plaindre ?

O si vous voyiez comme moi les soucis
et les chagrins qui poursuivent sous leurs
lambris dorés ces hommes que le vul-

gaire ignorant met seuls en possession du
bonheur, les tourmens sans nombre auxquels les assujettissent de tristes et ridicules passions qu'ils ne prennent soin de
couvrir d'aucun voile! Que diras-tu, par
exemple, d'une femme qui parle à tout
venant de ses biens, de sa noblesse? Tu
la crois peut-être l'héritière de quelque
riche et illustre maison?... Non, c'est la
fille d'un pauvre greffier du voisinage.
Cher William, je ne comprends rien à la
nature humaine, à la fois si orgueilleuse
et si misérable.

Sans doute il seroit inique et barbare
de vouloir asservir les autres à l'empire
de nos caprices. Qui d'ailleurs en a le droit
moins que moi, dont le cœur en proie à
d'éternels orages?... Hé! mes amis, suivez
en paix, vos goûts, vos penchans, mais
laissez-moi du moins la même liberté.

Ce qui me blesse le plus, ce sont ces
odieuses distinctions de société. Je sais
que l'inégalité des rangs et des condi-
tions est dans le monde une injustice in-
évitable, et je serois insensé de m'élever

contre un ordre de choses qui me donne plus d'avantages qu'il ne m'en ôte; mais je ne voudrois pas que cette fatale barrière se présentât toujours devant moi comme un obstacle invincible aux vœux de mon cœur.

Dernièrement je rencontrai à la promenade mademoiselle de B***, jeune personne dont le naturel et la grace contrastent avec la roideur et l'affectation des femmes de ce pays. Sa conversation me plut. Je lui demandai en la quittant la permission de lui faire ma cour; elle daigna me l'accorder. Mon impatience me permit à peine d'attendre l'heure de me présenter chez elle. Elle est étrangère, et demeure avec une tante, dont la physionomie n'est pas à beaucoup près aussi aimable. Il fallut cependant paroître occupé d'elle. J'eus soin de lui adresser de temps en temps la parole, et en moins d'une demi-heure elle me mit au fait de plusieurs particularités de sa vie, dont j'ai su depuis toute l'histoire. Cette femme dépourvue d'esprit, de sens, de fortune,

sottement éblouie de l'éclat de son nom,
imbue des plus grossiers préjugés, con-
serve encore un reste de beauté. Elle eut
dans sa jeunesse une conduite légère,
et fit par ses caprices le désespoir de plus
d'un amant. Sur le retour elle se sou-
mit au joug d'un vieil officier, qui crut
l'honorer en l'épousant. Il est mort, et
maintenant veuve, sans enfans, sans
amis, elle seroit délaissée de l'univers
entier, si sa charmante nièce ne lui attiroit encore quelques regards.

———

Le 8 janvier 1772.

QUELS hommes que ceux dont une vaine
étiquette absorbe toute l'existence, qui
se consument en longs et pénibles efforts
pour occuper à table une place plus dis-
tinguée! Ne diroit-on pas à les voir que
ce sont des gens désœuvrés qui cher-
chent à remplir ainsi le vuide du temps?
Mais non, la plupart sacrifient à ces mi-

sères leurs intérêts et leurs plaisirs. La
semaine dernière on projeta une course
de traîneaux ; au moment du départ il
s'éleva une contestation pour le pas, et
la partie n'eut point lieu.

Les insensés ! ils ignorent que la place
ne fait rien au mérite ; que ceux qui
figurent au premier rang jouent rarement le premier rôle. Combien de rois
gouvernés par leurs ministres ! de ministres par leurs secrétaires ! Quel est
donc, diras-tu, le premier ? Celui qui,
fort de la supériorité de ses lumières et
de son ascendant sur les autres, fait servir leurs passions d'instrumens à ses desseins.

Le 20 janvier.

C'est d'une chaumière où je me suis ré-
fugié pendant l'orage que je vous écris,
ô ma Charlotte. Depuis que je vis à D***
dans un monde étranger, entièrement

étranger à mon cœur, il ne s'est présenté
aucune occasion, non aucune où ce cœur
ait senti, ait pu sentir le besoin de s'ouvrir à vous. Mais à peine dans cette ca-
bane étroite et solitaire, où je n'entends
d'autre bruit que celui de la grêle et des
vents, vous avez été ma première pensée; votre image a frappé mes yeux en
entrant.... Oui, Charlotte, c'étoit bien
vous, vous sans le moindre nuage, rayon-
nante d'amour et de beauté, telle que je
vous vis pour la première fois.

O si vos regards perçant jusqu'ici pouvoient me suivre dans ce tourbillon du
monde et des plaisirs où je suis emporté
malgré moi, combien vous plaindriez
votre ami, seul au milieu de la foule,
privé d'appui, d'intérêt, accablé de tristesse, et dévoré d'ennui! Mon ame n'a
plus d'énergie, mon esprit est abattu, et
mes forces défaillantes sont prêtes à m'a-
bandonner. Tout me fatigue, rien ne
m'attache. Les objets ne font que paroître et disparoître à mes yeux, et je
me demande souvent si mon existence

elle-même n'est pas un vain prestige.

Le soir je me propose d'être debout avant l'aurore pour voir le soleil monter sur l'horizon, et je ne puis m'arracher de mon lit. Le matin je forme le projet de me promener à la douce clarté de la lune, et je reste enfermé chez moi. Tous les jours je me lève, je me couche sans but, sans desirs : faut-il m'en étonner ? Elle est tarie dans sa source cette sensibilité qui mettoit en mouvement tous les ressorts de mon être ; j'ai perdu l'illusion qui faisoit la consolation de mes nuits et le charme de mon réveil.

Une seule personne, c'est une femme (elle vous ressemble, Charlotte, si l'on peut vous ressembler), parvient quelquefois à me distraire de mes cruels chagrins. Cette femme est mademoiselle de B***. Son ame tendre et compatissante se peint dans ses beaux yeux bleus. Fatiguée du rang importun où l'a placée la fortune, elle voudroit s'y dérober, et, loin du tumulte, au fond d'une retraite écartée, chercher dans le calme et dans l'innocence de la nature un bonheur que les hommes ne peuvent lui donner. Nous parlons souvent de vous. Elle vous aime, Charlotte ; elle se plaît à vous rendre les hommage qui vous sont dus.

O que ne suis-je encore assis près de vous, au milieu de nos chers enfans, dans votre cabinet favori ! Si leurs jeux trop bruyans nous importunoient, je les rassemblerois en silence autour de moi par l'appât séduisant d'un conte.

L'orage est dissipé ; le soleil, prêt à se coucher, éclaire de ses rayons mourans la campagne couverte de neige. Je vais quitter cette chaumière et rentrer dans ma prison. Adieu, Charlotte ! adieu !

Le 8 février.

Il fait un temps épouvantable, et je m'en réjouis. Depuis mon arrivée dans ce pays un seul beau jour n'a pas lui, dont les charmes n'aient été troublés pour moi.

Maintenant que la pluie, la neige, et la grêle sont déchaînées dans les airs, je me dis : Il ne règne pas plus de calme aux champs qu'à la ville, dans la nature que dans mon cœur, et je suis moins malheureux.

Quand le soleil se lève pur et sans nuage je ne puis m'empêcher de m'écrier : Voilà donc encore une faveur du Ciel qu'ils vont se ravir; car il n'est rien qu'ils ne se ravissent, bonheur, plaisir, réputation, les uns par méchanceté, les autres par sottise, tous, s'il faut les en croire, dans les meilleures intentions. Quelquefois je suis tenté de me jeter à leurs pieds pour les conjurer de ne pas déchirer avec tant de fureur leurs entrailles.

———

Le 17 février.

Mon ambassadeur devient tous les jours plus insupportable. Les instructions qu'il me donne sont si ridicules que je suis

souvent forcé de m'en écarter et de faire
à ma tête. Il se fâche alors, et ne trouve
rien de bien. Il s'est plaint de moi à la
cour, et le ministre, sur sa plainte, a cru
devoir m'adresser une légère réprimande.
J'étois sur le point de demander mon
congé, lorsque j'ai reçu de lui une lettre
qui m'a pénétré de reconnoissance et d'admiration. Avec quelle bonté, avec quel
intérêt il daigne m'engager à modérer
l'excessive sensibilité qui m'emporte quelquefois au-delà des bornes ! Loin d'en
blâmer le principe, il m'exhorte seulement à le mieux régler, et à diriger vers
uu but utile ce zèle ardent, ce noble enthousiasme, premiers mobiles de toutes
les actions généreuses. Ainsi donc la paix
est de retour dans mon ame pour quelques jours au moins. O mon ami ! la paix
de l'ame, le contentement de soi-même,
voilà les véritables trésors ; pourquoi
faut-il qu'ils coûtent tant à acquérir, et
qu'on les perde si facilement ?

Le 20 février.

Que Dieu vous bénisse, mes amis! qu'il vous accorde tout le bonheur qu'il me refuse! Je te remercie, Albert, de m'avoir trompé. J'attendois la nouvelle de votre mariage pour détacher du mur de ma chambre le portrait de Charlotte. Vous êtes unis, et son image est encore là. Eh bien, qu'elle y reste; et pourquoi non? La mienne aussi n'est-elle pas au milieu de vous? Sans te nuire, Albert, n'ai-je pas la seconde place dans le cœur de Charlotte? Oh oui, et je veux, et je dois l'y conserver. Oh! je deviendrois furieux si elle oublioit... L'enfer est dans cette pensée. Adieu, Albert! Ange du ciel, Charlotte, adieu!

J'ai essuyé une mortification qui me
chassera d'ici. J'en frémis encore de rage.
Le mal est sans remède, et c'est vous que
j'en accuse, vous tous, cruels amis, con-
seillers perfides qui m'avez imposé le
joug que je subis aujourd'hui. J'ai suivi
vos avis ; vous êtes contens. Peut-être
pour vous dispenser de me plaindre crie-
rez-vous encore à l'exagération, à la mi-
santhropie. Voici le récit exact de ce qui
s'est passé.

On sait l'intérêt que le comte de C**
me témoigne. Hier il me prie à dîner.
C'étoit le jour où il a coutume de réunir
chez lui toute la noblesse de la ville. Je
l'ignorois, ainsi que l'étiquette qui nous
bannit de ces assemblées. Au sortir de
table nous passons dans le salon. Je me
promène en causant avec le comte. Le
colonel B** survient et se joint à nous.
L'heure du cercle arrive sans que je m'en
doute, la porte s'ouvre, et l'on annonce

son excellence [1] M. de S****, sa noble
épouse et leur incomparable fille. Ils
entrent d'un air digne, le sourire sur
les lèvres, distribuant à droite, à gauche
des regards de protection. Cette espèce
m'est odieuse. Je songe à me retirer, je
n'attends que le moment où je pourrai
prendre congé du comte, lorsque paroît
mademoiselle de B***. A sa vue le cœur
me bat, j'oublie ma résolution, et cours
me placer derrière elle; mais bientôt je
m'apperçois qu'elle a l'air froid et distrait, et qu'elle me parle avec embarras.
Je m'en étonne. Quoi! dis-je, ressem-
bleroit-elle à tout ce monde? Dans mon
dépit je veux partir. Je reste cependant.
Il me seroit si doux de la justifier! mes
soupçons peut-être sont mal fondés. J'attends un mot de sa bouche pour me tirer

---

[1] Il y a ici dans l'original plusieurs peintures gros-
sières que j'ai fort adoucies. Je voulois même supprimer
entièrement cette lettre et la suivante; mais j'ai réfléchi
qu'elles formoient un des principaux traits du caractère
fanatique de Werther, et je les ai conservées.

(*Note du traducteur.*)

8

d'erreur, que sais-je enfin ? Le salon se
remplit. Arrivent successivement le ba-
ron de F***, qui étale avec complaisance
sur sa personne toute sa garde-robe go-
thique, le conseiller aulique R*****, le
pauvre et ridicule J***, dont la toilette
bigarrée est un assemblage grotesque des
anciennes et des nouvelles modes. J'a-
dresse la parole à quelques personnes
de ma connoissance ; à peine daignent-
elles me répondre. Uniquement occupé
de mademoiselle de B***, je ne prends pas
garde que les femmes se parlent à l'oreille
dans un coin du salon, que les hommes
se promènent d'un air agité, et que madame de S*** entretient mystérieuse-
ment le comte. Enfin celui-ci vient à moi,
et, me tirant dans l'embrasure d'une fenêtre : « Vous connoissez, me dit-il, nos
« ridicules préjugés : on s'étonne, on mur-
« mure de vous voir ici ; je serois désolé
« que vous crussiez... Votre excellence,
« dis-je en l'interrompant, daignera m'ex-
« cuser. J'aurois dû remarquer plutôt l'ef-
« fet que cause ma présence. Je pensois

« depuis long-temps à me retirer. Un
« mauvais génie, sans doute, m'a retenu
« jusqu'à présent, ajoutai-je en souriant
« et m'inclinant profondément». Le comte
me serre la main avec affection, je rentre
chez moi, et, montant à cheval, je cours
à M**** admirer sur la colline le coucher
du soleil, et lire dans l'Odyssée le chant
sublime où Homère décrit avec tant de
charmes l'accueil touchant qu'Ulysse reçoit des pâtres hospitaliers.

Le soir je reviens à mon auberge à
l'heure du souper. Il n'y avoit encore
dans la salle à manger que quelques personnes qui s'amusoient à jouer aux dés
sur un coin de la table. Le bon A*** s'approche de moi avec un air d'intérêt, et,
me prenant la main : « Tu as eu du cha-
« grin, me dit-il ; le comte t'a renvoyé de
« son assemblée. — Moi ? repondis-je ;
« point du tout. Je suis sorti dans la cam-
« pagne parceque j'avois besoin de res-
« pirer. — Je te sais gré, ajouta-t-il, de
« prendre ainsi la chose ; mais je m'af-
« flige pour toi de la publicité qu'elle a

« déja acquise ». Ces mots commencèrent
à m'alarmer. Tous ceux qui survinrent
et qui me regardoient : ils savent mon
aventure, me disois-je. Mon sang bouil-
loit dans mes veines.

Et maintenant par-tout où je vais, je
suis accueilli par une insultante pitié. Je
lis sur le visage de mes ennemis l'expression triomphante de leur joie. Je les entends se dire : c'est ainsi qu'on punit les
présomptueux qui, fiers de quelques
vains avantages, osent braver les préjugés et s'élever au-dessus de leurs égaux.
N'y a-t-il pas là de quoi devenir furieux ?
car on a beau prêcher la modération, la
patience ; quel est l'homme de cœur qui
résiste au mépris, et souffre l'outrage ?

———

Le 16 mars.

TOUT conspire à me désespérer. Aujour-
d'hui je rencontre à la promenade mademoiselle de B***; je l'aborde, et lui té-

moigne, lorsque nous sommes seuls, la
douleur que me cause son changement.
« O Werther ! me dit-elle d'un son de
« voix ému, vous qui lisez dans mon
« ame, deviez-vous interpréter si mal
« mon trouble? Que ne puis-je vous pein-
« dre ce que j'ai souffert pour vous du
« moment où j'ai paru dans cette fatale
« assemblée ! Je prévoyois tout ce qui
« s'est passé ; je savois que mesdames
« de S*** et de T** en sortiroient plutôt
« que d'y rester avec vous ; et mainte-
« nant quel éclat ne fait point dans le
« monde cette fâcheuse aventure ? Moi-
« même que de désagrémens elle m'a déja
« causés ! ajouta cette aimable personne
« les larmes aux yeux ». Je ne me possédois plus, et, près de me jeter à ses
pieds : « Au nom de Dieu, m'écriai-je,
« expliquez-vous » ! Elle essuya ses pleurs
sans prétendre les cacher. « Vous con-
« noissez ma tante, me dit-elle. Elle étoit
« avec moi. Elle a été témoin de tout.
« Hier au soir, ce matin encore, il m'a
« fallu essuyer de sa part les plus durs

« reproches sur ma liaison avec vous,
« vous entendre rabaisser, humilier, sans
« pouvoir, sans oser vous défendre qu'à
« demi. »

Chacune de ces paroles me déchiroit
le cœur. Elle ne sentoit pas combien il
eût été généreux de me les épargner. Elle
ajouta mille circonstances accablantes :
la honte qui résulteroit pour moi de cet
affront, le triomphe de mes ennemis ravis de voir tomber sur ma vanité cette
punition exemplaire. Quel supplice d'entendre tous ces détails d'une bouche adorée ! Je me retirai dans un désordre inexprimable, et ma rage, que je retenois
avec peine, s'est développée d'une manière terrible. Je voudrois, oui je voudrois que quelqu'un osât me provoquer
pour avoir le plaisir de lui plonger mon
épée dans le sein. Il faut du sang à ma
fureur, du sang... fût-ce le mien. Souvent j'ai saisi mon couteau, brûlant de
soulager d'un seul coup ce cœur oppressé.
On parle d'une noble race de coursiers
qui, fatigués d'une longue traite, s'ou-

vrent eux-mêmes une veine pour respirer plus librement. Je suis tenté d'imiter
leur exemple, et de me frayer ainsi la
route vers une éternelle liberté.

***

Le 24 mars.

J'AI demandé mon congé, et j'espère
l'obtenir bientôt. Tu me pardonneras de
n'avoir pas commencé par m'assurer
de ton consentement; mais je savois d'a-
vance toutes les raisons que tu me donnerois pour m'engager à rester, et il falloit que je partisse. Charge-toi d'annon-
cer cette nouvelle à ma mère. Dans l'impuissance où je suis de songer à mes propres intérêts, pourroit-elle me savoir
mauvais gré de négliger les siens? Elle
doit s'affliger, je l'avoue, de voir son fils
renoncer si jeune à la brillante carrière
qui s'ouvroit devant lui, et se replonger
dans une obscure inaction. Eh bien! pro-
diguez-moi les reproches, accusez-moi

d'imprudence, de folie, rassemblez tous les motifs qui pouvoient, qui devoient me retenir ici ; le dessein en est pris. Je pars. Et pour que vous n'ignoriez point où je vais, je vous dirai que le prince de ** m'a proposé de l'accompagner dans ses terres, et d'y passer avec lui la belle saison. Je dois y jouir d'une entière liberté. Il me l'a promis, et, comme nous nous entendons jusqu'à un certain point, j'ai voulu en courir la chance, et je pars avec lui.

Le 19 avril.

P. S. Mille graces de tes deux lettres. J'attendois pour y répondre que ma démission fût acceptée. Je craignois toujours que ma mère ne cherchât à traverser mes vues ; maintenant il seroit trop tard. J'ai mon congé. Je ne te dirai point avec quelle répugnance le ministre me l'a délivré, ni ce qu'il a daigné m'écrire d'obligeant à ce sujet ; ces détails ne feroient qu'augmenter tes regrets. Le prince héréditaire m'a envoyé vingt-cinq ducats pour adieux, avec quelques lignes pleines de bonté, écrites de sa propre main : ainsi je n'ai pas besoin de l'argent que je demandois à ma mère.

———

Le 5 mai.

Je pars demain, et, comme le lieu où je suis né n'est qu'à six milles de la route, je veux m'en écarter pour le revoir ; je veux y rechercher les traces de mon enfance, de ces jours heureux qui ont fui comme un songe. J'entrerai par la même porte par laquelle nous sortîmes ma mère et moi, lorsqu'à la mort de mon père nous quittâmes cette retraite chérie pour venir habiter la ville. Adieu, tu ne tarderas pas à recevoir de mes nouvelles.

———

J'ai fait l'excursion que je projetois avec
tout le recueillement d'un pélerin qui
visite les lieux saints, et l'aspect du sol
natal a ranimé dans mon ame mille sentimens que j'en croyois effacés. Arrivé
à S***, qui n'est éloigné que d'un quart
de lieue de la ville, je renvoyai ma voiture et je mis pied à terre pour me livrer
plus en liberté au charme de mes souvenirs. Je me trouvois sous le tilleul qui
servoit jadis de but et de terme à mes
courses les plus longues. Quelle révolu-
tion! Alors, dans une heureuse inexpé-
rience, je soupirois après un monde dont
la perspective séduisante enchantoit mon
imagination, où je me promettois tant
de jouissances, où j'espérois tant d'ali-
ment à ma sensibilité. J'en revenois maintenant de ce monde... ô mon ami! avec
combien d'espérances trompées! d'illusions évanouies! Je voyois devant moi
la montagne du sommet de laquelle je

prenois tant de plaisir à égarer ma pensée dans les sombres forêts , dans les fer-
tiles plaines qui se déployoient sous mes
pieds ; que de peine j'avois à en descendre lorsque l'heure prescrite me rappeloit à l'étude !

Cependant j'approchois de la ville ; je
saluai avec transport tous les pavillons ,
tous les jardins qui m'étoient connus.
Les nouveaux me causèrent une impression désagréable , ainsi que les change-
mens que j'observai dans les anciens.
Enfin j'arrivai à la porte. O mon ami ! je
n'essaierai pas de te peindre mon ivresse ;
les sensations dont mon cœur étoit plein
ne peuvent se décrire. Je logeai sur la
place près de laquelle notre maison étoit
située. Je cherchai de l'œil l'école où
une vieille et respectable institutrice
éleva mon enfance. Elle étoit convertie
en boutique. Je me rappelai les émotions
de tristesse et de joie , de crainte et d'espérance que j'éprouvai dans cette étroite
enceinte. A chacun de mes pas se réveil-
loit un souvenir. Non , jamais pélerin

dans la terre sainte ne fut plus fortement,
plus religieusement ému.

Je suivis les rives du fleuve jusqu'à une
métairie où nous allions souvent nous
promener. C'étoit là que je m'exerçois
avec mes camarades à lancer sur l'eau de
petites pierres plates qui en effleuroient
en bondissant la surface. Quelquefois immobile, les yeux attachés sur le cours du
fleuve, je me peignois des plus vives couleurs les innombrables contrées qu'il
arrosoit de ses ondes ; je les peuplois de
géans ; je les couvrois de magiques palais ; aucunes bornes n'arrêtoient mon
ardente imagination, et je finissois par
me perdre dans une vague rêverie qui
faisoit couler mes larmes. Telle étoit,
mon cher William, l'ignorance et la simplicité de nos bons aïeux : leur poésie,
leurs idées, leurs images, se ressentent,
si j'ose m'exprimer ainsi, de la naïveté
de l'enfance. Lorsqu'Ulysse parle de la
vaste mer, de la terre sans limites, son
langage a je ne sais quoi d'obscur et de
mystérieux. Que me sert de répéter après

tous les écoliers que la terre est ronde?
Il n'en faut à l'homme que quelques toi-
ses pour soutenir son existence, et moins
encore pour y cacher sa dépouille.

Je suis maintenant établi chez le prince.
Son caractère me plaît par sa franchise
et par sa vérité ; mais je ne puis définir
une certaine espèce de gens qui l'entou-
rent. Sans avoir tout-à-fait la mine de
frippons, ils n'ont cependant pas l'air
d'honnêtes gens, et quelques démonstrations d'amitié qu'ils me fassent, il
m'est impossible d'y ajouter foi. Une
seule chose me fâche dans le prince, c'est
qu'il affirme trop souvent d'un ton d'au-
torité des choses qu'il ne sait que par
ouï dire, ou pour les avoir lues ; et que
dans la conversation il donne presque
toujours les apperçus des autres comme
ses propres jugemens. Il fait aussi plus
de cas de mon esprit et de mes foibles
talens que de ce cœur, mon unique orgueil, ce cœur, seul principe et source
intime de toutes mes facultés, ainsi que
de mon bonheur et de mes souffrances.

Ah ! ce que je sais , tout le monde peut le savoir ; mais qui jamais eut un cœur comme le mien ?

Le 25 mai.

J'avois conçu un projet dont je ne comptois te parler qu'après l'exécution. Aujourd'hui que j'y ai renoncé , je m'en vais te l'apprendre. Je voulois entrer au service. J'espérois beaucoup pour mon avancement de la protection du prince , qui est général des troupes de ****. Je me suis ouvert à lui de mon dessein ; mais il m'a donné de si fortes raisons pour m'en détourner , qu'il y auroit eu de ma part plus d'entêtement encore que de zèle à y persister.

Le 11 juin.

Non, mon ami, quelque chose que tu
me dises, il faut que je parte. Que ga-
gnerois-je à différer? Le temps m'accable
de son poids. Le prince, il est vrai, me
traite avec bonté; mais je ne suis point
ici dans ma sphère. Nous n'avons ensemble nul rapport. Son esprit (car on ne
peut nier qu'il n'en ait) est un esprit ordinaire; sa conversation ne laisse pas
plus de traces que la lecture d'un livre
frivole. Mon ami, encore huit jours, et je
reprends ma vie errante. Je n'aurai recueilli d'autre fruit de mon séjour que
d'avancer mes ouvrages. Le prince ne
manqueroit point de goût, ni de sentiment pour les arts, si ces heureuses dis-
positions n'étoient étouffées en lui par
des vues étroites et par un attachement
servile aux règles. Souvent au milieu d'un
discours animé dans lequel je cherche à
l'initier aux sublimes beautés de la nature et de l'art, il m'interrompt brus-

quement pour me débiter avec emphase un mot technique.

Le 16 juillet.

Je ne suis qu'un étranger, qu'un voyageur sur la terre ; et vous, êtes-vous donc autre chose?

Le 18 juillet.

Tu me demandes où je prétends aller ? je vais te le dire en confidence. Je passerai encore ici quinze jours ; puis j'irai visiter les mines de R**. C'est là du moins ce que je me persuade ; mais dans le fond mon unique dessein est de me rapprocher de Charlotte. Adieu. J'ai honte de mes caprices ; je rougis de moi-même.

Le 29 juillet.

[1] O BONHEUR! ô comble du bonheur! Qui? moi, son époux? moi, l'époux de Charlotte? Grand Dieu! si tu m'accordois jamais une pareille félicité, ma vie entière ne seroit qu'actions de graces. Mais qu'ai-je dit? Pourquoi pleuré-je? Ciel! pardonne-moi ces larmes, ces vœux insensés! Charlotte, mon épouse! Je presserois contre mon sein la plus aimable, la plus aimée des femmes! Lorsqu'Albert entoure de ses bras sa taille charmante, un froid mortel pénètre jusqu'à mon cœur.

L'avouerai-je? pourquoi non? Elle eût été plus heureuse avec moi. Albert ne sauroit remplir toute l'étendue de ses desirs; il manque d'une certaine sensibi-

---

[1] Il est clair, d'après cette lettre, que Werther a revu Charlotte. Pourquoi l'auteur n'en a-t-il rien dit? La réunion des deux amans lui auroit fourni une scene touchante dont on ne conçoit pas qu'il se soit privé.

(*Note du traducteur.*)

lité ; leurs ames ne sont point assez d'intelligence ; une douce sympathie n'a point
formé leurs nœuds. Le voit-on s'attendrir au passage d'un livre qui fait couler
nos pleurs ? partager nos impressions
dans mille circonstances où nous sen-
tons, où nous pensons ensemble ? Mais
il l'aime, il l'aime avec idolâtrie ; et que
ne mérite pas tant d'amour ?

Un importun m'interrompt ; je suis
distrait ; mes yeux sont secs. Adieu, mon
ami.

Le 4 août.

Je ne souffre pas seul. Tous les hommes
ont leur part dans le malheur commun.
Hier je cherchai sous les tilleuls ma bonne
villageoise. Philippe courut à moi dès
qu'il m'apperçut. Sa mère, attirée par
ses cris de joie, vint aussi. Comme elle
me parut changée ! « O monsieur ! me
« dit-elle, mon pauvre Jean est mort.

« (Ce furent ses premières paroles.) Mon
« mari est revenu de Suisse et n'en a rien
« rapporté. La fièvre l'a pris en chemin,
« et sans les secours de quelques person-
« nes charitables il seroit réduit à men-
« dier son pain ». J'étois trop ému pour
lui répondre. Je lui donnai tout ce que
j'avois dans ma bourse, et m'empressai
de me soustraire à ce triste spectacle.

Le 21 août.

QUELQUEFOIS une étincelle de vie voudroit se ranimer en moi... elle s'éteint à
l'instant même. En me perdant dans mes
songes, je ne puis me défendre de cette
pensée : Quoi! si Albert mouroit, je serois!... elle deviendroit!... Et je m'attache à ce fantôme imposteur jusqu'à ce
qu'il me conduise au bord d'un abyme,
devant lequel je recule épouvanté.

Quand je sors de la ville et que je me
retrouve sur le chemin que je parcou-

rus pour la première fois en conduisant
Charlotte au bal, je m'écrie douloureu-
sement : Comme les choses étoient dif-
férentes alors ! Tout, tout a changé ! aucun vestige du passé, plus une goutte
du sang qui couloit dans mes veines,
plus une des émotions qui faisoient pal-
piter mon cœur. Il en est de moi comme
de l'ombre d'un puissant monarque qui,
s'échappant un moment de la tombe pour
revoir le palais qu'il bâtit, qu'il orna dans
les jours de sa magnificence, ce palais
somptueux qu'il légua en mourant à son
fils chéri, ne trouveroit à la place que
d'informes débris et des monceaux de
cendres.

Le 3 septembre.

Souvent j'ai peine à concevoir comment
elle peut, comment elle ose en aimer un
autre, quand mon amour pour elle est
si tendre, si passionné, si exclusif, quand

je ne connois, ne vois, ne sens qu'elle
dans l'univers entier.

————

Le 4 septembre.

ET moi aussi je suis sur mon déclin
comme la nature. Mon automne est arrivée. L'hiver s'avance à grands pas. Tu
te souviens d'un jeune paysan que je trouvai un jour à Walheim. Je m'informai
dernièrement de ce qu'il étoit devenu.
On me dit que la veuve qu'il servoit l'a-
voit renvoyé, et personne ne voulut
m'en apprendre davantage. Hier je le
rencontrai sur la route du hameau voisin de la ville. Je l'abordai, et il me raconta son histoire, qui fit sur moi une
vive impression, comme tu le compren-
dras sans peine quand tu l'auras enten-
due. Mais à quoi bon ce récit ? pourquoi
ne pas renfermer dans mon sein ce qui
m'afflige et me tourmente ? Pourquoi
t'inspirer ma tristesse, et te donner tou-

jours des occasions de me blâmer ou de
me plaindre ? N'importe ; puisque j'ai
commencé, j'acheverai. Ceci d'ailleurs a
plus d'un rapport à la destinée de ton
ami.

. Ce jeune homme répondit d'abord à
mes questions d'un air timide et profondément abattu : puis tout-à-coup, comme
s'il sortoit d'un songe, il revint à lui, me
reconnut, reprit en moi son ancienne
confiance, et me fit l'aveu naïf de ses fautes et de son infortune. Il me raconta (il
sembloit trouver dans ses souvenirs une
jouissance mélancolique), il me raconta
que l'amour dont il brûloit pour sa chère
maîtresse s'étoit accru d'une manière terrible ; qu'il avoit fini par en perdre l'appétit, le sommeil, toute idée de ses devoirs, faisant continuellement ce qui lui
étoit défendu, et négligeant ce qu'on lui
recommandoit de faire ; qu'il ne savoit
pas (ce sont ses expressions) *où sa pauvre
tête étoit allée*, ni quel génie malfaisant
le poursuivoit sans relâche. Enfin un
soir ayant vu sa maîtresse monter seule

dans une chambre écartée, il la suivit, se jeta à ses pieds, et la conjura les larmes aux yeux de céder à ses desirs. La trouvant insensible, il eut recours à la force. Il ignoroit comment il avoit pu se porter à un pareil excès; mais il prenoit le Ciel à témoin de l'innocence de ses vues, et du desir qu'il avoit toujours eu de l'épouser et de lui consacrer sa vie.

Après avoir parlé quelque temps il s'arrêta, comme s'il avoit encore quelque chose à dire qu'il n'osoit articuler. Enfin il m'avoua, en hésitant, les légères faveurs dont sa maîtresse encourageoit son amour. Il s'interrompit deux ou trois fois pour affirmer avec serment qu'il ne disoit pas cela dans l'intention de lui nuire; qu'il l'aimoit et l'estimoit toujours également, et que jamais un mot injurieux à son honneur ne sortiroit de sa bouche. Mais il vouloit aussi me convaincre qu'il n'en avoit point agi avec elle comme un méchant, ni comme un insensé. Ici je suis forcé de recourir à mes éternelles exclamations. Que ne puis-je

te peindre cet homme tel que je l'ai vu,
tel que je le vois encore ! Que ne puis-je
te répéter toutes ses paroles, et te faire
ainsi concevoir l'intérêt que j'ai pris, que
j'ai dû prendre à sa destinée. Mais tu connois celle de ton ami. Le fond de son cœur
est à découvert devant toi ; et n'en est-ce
pas assez pour t'expliquer le charme qui
l'attire vers tous les malheureux, et sur-
tout vers les malheureux de cette espèce ?

Je m'apperçois en relisant ma lettre que
j'ai oublié de t'achever mon récit : tu en
devines aisément la suite. Les efforts du
jeune paysan furent vains. Sa maîtresse
avoit un frère qui le haïssoit mortelle-
ment, et qui ne cherchoit qu'un prétexte
pour le renvoyer, dans la crainte qu'elle
ne l'épousât et ne lui fît présent de sa
succession. Il accourut au bruit, et, sai-
sissant cette occasion de satisfaire sa
haine, il mit ce malheureux à la porte
avec un tel éclat qu'il lui ferma sans retour l'entrée de la maison. Voilà ce qu'il
m'apprit. Il ajouta qu'il avoit entendu
dire depuis peu que sa maîtresse avoit

pris un nouveau domestique, et que le bruit couroit qu'elle alloit l'épouser : mais il avoit juré de ne pas souffrir ce dernier outrage.

Je n'ai rien embelli, rien exagéré. Combien au contraire le tableau que j'avois à faire, a perdu sous mon pinceau de sa force et de son expression !

Ainsi donc l'amour, la fidélité, la constance, ces nobles sentimens qui honorent le cœur humain ne sont point des vertus chimériques. Ils existent, dans toute leur intégrité, au sein de ces hommes que nous osons nommer grossiers et barbares.

Je suis calme en écrivant. Ma main ne tremble pas comme à l'ordinaire. Lis cette histoire avec attention, lis, mon cher William, et pense que c'est aussi celle de ton ami. Oui, tel a été mon commencement, et telle sera ma fin ; mais que je suis loin encore du courage et de la résignation de cet infortuné auquel j'ose à peine me comparer !

Le 5 septembre.

ALBERT est depuis plusieurs jours à la
campagne. Charlotte lui écrivit hier un
billet qui commençoit ainsi : « Hâtez
« vous, mon ami, de terminer vos affai-
« res et de revenir près de moi : je vous
« attends avec impatience ». Elle alloit le
cacheter et l'envoyer, lorsqu'Albert lui fit
dire que des circonstances imprévues le
forçoient à différer son retour. Le billet
resta ouvert sur la table de Charlotte, et
me tomba le soir entre les mains. Je le
lus, et me mis à sourire. Elle me demanda à quoi je pensois ? Que l'imagination,
m'écriai-je, est un présent divin ! je me
suis un moment figuré que ce billet s'a-
dressoit à moi. Elle changea de propos,
parut mécontente, et je me tus.

Le 12 septembre.

Charlotte ne revint qu'hier de la campagne où elle étoit allée rejoindre Albert. Je me rendis chez elle à son arrivée. Comme j'entrois dans sa chambre elle vint au-devant de moi, et me tendit sa main, que je serrai avec transport.

Un serin vola de la glace sur son épaule. « C'est un nouvel ami que je vous pré- « sente, me dit-elle en le prenant sur son « doigt. Voyez comme il est caressant ! « comme il bat des ailes ! comme il me « baise ! voyez. »

L'oiseau s'étoit élancé de son doigt à sa bouche, et la béquetoit avec autant de vivacité que s'il eût senti son bonheur.

« Je veux aussi qu'il vous baise, dit- « elle en l'approchant de moi ». Il ne fit que voler de ses lèvres sur les miennes, et me transmit dans ce rapide passage le souffle et la pure haleine de Charlotte.

Ses baisers, dis-je, ne sont point dés-intéressés. Il cherche à manger, et paroît peu satisfait de mes stériles caresses.

Elle l'appela, et lui présenta de petites miettes de pain sur ses lèvres entr'ouvertes qu'embellissoit le sourire enchanteur de la bonté.

Je détournai les yeux. Dieu ! que lui avois-je fait pour me traiter avec cette dangereuse familiarité ? Devoit-elle, en m'offrant sans voile de pareilles images, allumer le feu dans mes veines, et tirer mon être de ce sommeil bienfaisant qui suspend quelquefois le sentiment de mes peines, et me tient lieu du bonheur que je n'ai pas ? Mais que dis je ? m'est-il permis de lui faire des reproches ? puis-je m'offenser de sa confiance ? Hélas ! elle sait bien que je ne la trahirai pas. Elle connoît tout mon amour !

Le 15 septembre.

COMMENT retenir son indignation en voyant méconnus et méprisés les seuls

biens qui aient encore quelque prix sur
la terre ? Tu te souviens des noyers sous
lesquels je me reposai un soir avec Charlotte chez le ministre de St***, de ces
noyers touffus dont l'ombrage étoit si
agréable. Quelle fraîcheur ils répandoient dans la cour du presbytère ! Avec
quel plaisir on se retiroit sous leur voûte
épaisse ! et comme on y bénissoit la mémoire des respectables ministres qui les
avoient plantés ! Le maître d'école répétoit souvent le nom de l'un d'eux, qu'il
tenoit de son grand-père, et je ne m'as-
seyois jamais sous ces arbres sans lui of-
frir le muet hommage de ma reconnoissance. Ce pauvre maître d'école ! il avoit
hier les larmes aux yeux en m'apprenant
qu'ils étoient abattus... Mes noyers abattus ! Dans ma fureur je punirois de mort
le barbare dont la main sacrilège osa leur
porter le premier coup. Quel spectacle
pour moi qui serois capable de prendre
le deuil si, possédant deux arbres semblables, je venois à en perdre un de
vieillesse ! Tout le village est indigné.

Puisse la femme du nouveau ministre
coupable de cet attentat en être punie
par le dépérissement de ses troupeaux
et par la stérilité de ses champs ! Si tu
es curieux de la connoître, la voici trait
pour trait. C'est une grande femme, pâle
et maigre, d'un tempérament hypocon-
driaque, haïssant le monde entier ; une
écervelée qui veut passer pour savante,
se mêle de commenter le droit-canon,
travaille jour et nuit à la réformation
religieuse et morale de la chrétienté, rit
de pitié des extravagances de Lavater, et
a déclaré une guerre à mort à tous les
plaisirs que lui interdit sa santé débile.
Eh ! quelle autre qu'une pareille créature
pouvoit couper mes noyers ? Imagine-toi
que la chûte des feuilles rendoit, pendant l'hiver, la cour de madame humide
et mal propre ; que l'été l'épaisseur du
feuillage la privoit des rayons du soleil ;
et qu'enfin dans l'automne, le bruit des
enfans qui abattent les noix à coups de
pierres agaçoit ses nerfs et troubloit la
profondeur de ses méditations. Voyant

la désolation des habitans, et principalement celle des vieillards, je leur demandai comment ils avoient souffert ce meurtre. Quand le maire veut quelque chose dans ce pays, m'ont-ils répondu, nous n'avons pas le moyen de nous y opposer. Voici ce qui est arrivé, Le maire, et le curé qui vouloit cette fois tirer parti des ruineuses fantaisies de sa femme, sont convenus de partager la valeur des arbres. L'administration, instruite de leur accord, a profité de cette occasion pour ressusciter d'anciens droits sur la partie du presbytère où étoient situés les noyers, et les a vendus au dernier et plus offrant enchérisseur... Ils sont abattus. O si j'étois prince, j'ordonnerois que la femme du curé, le maire et l'administration.... Si j'étois prince, que m'importeroient tous les arbres de mes états?

Quand je rencontre ses yeux noirs je
ne desire plus rien. Cependant une chose
me surprend et m'afflige : c'est de voir
qu'Albert ne semble pas aussi heureux
avec elle qu'il se flattoit de l'être, que je
l'aurois été si... Je n'aime point les réti-
cences ; mais ici je ne puis m'exprimer
autrement, et c'est je crois me faire assez
entendre.

Ossian a remplacé pour moi Homère.
Dans quelles sphères élevées ce poëte sublime me transporte ! Tantôt errant avec
lui dans l'épaisseur des bois je distingue
à la pâle clarté de la lune les ombres des
Bardes que la tempête emporte au milieu
des nuages ; tantôt assis sur le sommet
de la montagne où retentit le bruit du

torrent, j'entends les soupirs étouffés des mânes qui gémissent au fond de leurs obscures retraites; mon oreille est frappée des plaintifs accens de la jeune fille prosternée sur le monument couvert de mousse de son brave et malheureux ami. Que fais-tu dans ces bocages, auguste vieillard à cheveux blancs? Tu cherches les traces de tes ancêtres, et tu ne trouves, hélas! que leurs tombeaux. Tes regards désolés se tournent vers l'étoile du soir prête à éteindre ses feux dans la mer agitée. Tu te rappelles le temps où cet astre favorable protégeoit tes nobles travaux, où le flambeau des nuits guidoit à ton retour ta pouppe victorieuse et couronnée. Dans quelle sombre douleur il est enseveli! Le dernier des héros, le héros abandonné ne connoît plus d'autre douceur que de s'entretenir avec les ombres de ses ancêtres. Tristement incliné sur la pierre qui recouvre leur cendre glacée, il s'écrie: « Et moi aussi le voyageur vien- « dra me chercher; il viendra celui qui « m'a vu dans tout l'éclat de ma jeunesse;

« il appellera le Barde, l'illustre fils de
« Fingal..... Étranger sensible et géné-
« reux, cesse d'inutiles poursuites. C'est
« en vain que tu me demandes à la terre
« des vivans, car tu foules aux pieds ma
« tombe ! »

———

Le 19 octobre.

Ce vuide, ce vuide affreux de mon ame,
comme il seroit tout d'un coup rempli, si
je pouvois une fois, rien qu'une fois, la
serrer dans mes bras !

———

Le 26 octobre.

Qu'importe, mon cher William, une
créature de plus ou de moins dans le
monde ? J'étois avec Charlotte, lorsque
deux de ses amies vinrent la voir. Je passai dans la chambre voisine, je pris un

livre, puis, changeant de pensée, je me
mis à écrire. Je les entendis parler bas.
Elles causoient de choses et d'autres, de
nouvelles de la société, de mariages, de
maladies, de morts. Les médecins, disoit
l'une, ont condamné madame R****, elle
se meurt de la poitrine, elle est d'une
maigreur effrayante, à chaque instant il
lui prend des foiblesses, je ne donnerois
pas une obole de sa vie. M. N*** est aussi
très mal, dit Charlotte. Je le crois hydro-
pique, ajouta l'autre en riant. Indigné
de cette légèreté, je me transportai, en
imagination, auprès du lit de ces infortunés. J'entendois leurs gémissemens,
j'étois témoin du désespoir qui s'empa-
roit d'eux à l'approche du terme fatal :
et ces femmes s'entretenoient de leurs
maux et de leur fin prochaine avec une
si cruelle indifférence !

Faisant ensuite un retour sur moi-
même, j'examinai la chambre où j'étois,
les objets qui m'environnoient, les papiers d'Albert, les meubles, et cet arran-
gement auquel mon œil est si bien accou-

tumé. Tu vois, me dis-je en soupirant, tes rapports dans cette maison. Estimé, chéri de tes amis, ils ne vivent que pour toi, et tu n'existes que par eux : eh bien ! qu'un évènement te force à les quitter, à disparoître du cercle qu'ils ont l'habitude de parcourir avec toi, sentiront-ils, et combien de temps, le vuide qu'y laissera ton absence ? O destinée fugitive de l'homme qui ne trouve pas même dans le cœur de ceux qu'il a le plus aimés un refuge contre l'oubli !

———————

Le 27 octobre

Quoi de plus affligeant que l'impuissance où nous sommes de nous aider, de nous secourir les uns les autres ? Ainsi donc cette paix, ce contentement, cette volupté douce et pure qui ont fui de mon ame, il ne dépend de personne de les y rappeler ; et je ne puis, dans tout l'éclat de ma prospérité, répandre sur cet être sombre et désespéré un seul rayon du bonheur qui m'éclaire !

Le soir.

J'ai tant de ressources en moi-même, et ma passion pour elle absorbe tout, et l'univers sans Charlotte ne m'est rien !

———————

Le 3o octobre.

CENT fois j'ai été sur le point de la prendre dans mes bras. Fut-il jamais supplice égal au mien ? Voir tant de charmes passer et repasser sous mes yeux sans oser y toucher ! Ce mouvement est pourtant si naturel ! les enfans ne touchent-ils pas à tout ce qu'ils voient ?... et moi ?...

———————

Le 3 novembre.

Souvent je me couche avec le desir,
avec l'espoir de ne plus me réveiller. Le
jour renaît, mes yeux se rouvrent à la
lumière et mon ame à la douleur. Encore
si je pouvois attribuer mes maux à l'in-
fluence des astres, à un caprice du sort,
au mauvais succès de quelque entreprise,
leur poids cruel ne reposeroit qu'à demi
sur moi ; mais, hélas ! le principe fatal
en est dans mon sein, comme autrefois
la source cachée de tous les biens. Je ne
suis donc plus ce même être qui jadis
dans la plénitude du sentiment ne rêvoit
qu'illusions, que jouissances, que bonheur, et dont l'ame expansive et tendre eût
échauffé l'univers du feu de son amour !
Maintenant ce cœur est mort. Il n'en dé-
coule plus aucune affection douce. Mes
yeux sont privés de la faculté de répandre
des pleurs, et mes veines arides se con-
tractent péniblement sur mon front. Je
souffre beaucoup ; car j'ai perdu ce res-

sort, cette force active et vivifiante, mobile et soutien de mon existence. Le spectacle de la nature n'a plus d'attrait pour
moi. Je n'éprouve plus de ravissement
ee voyant le soleil levant paroître aux
bornes de l'horizon, dissiper par degrés
la vapeur du matin, et verser sur la prairie sa vive lumière. J'écoute sans émotion
le bruit mélancolique du fleuve qui promène en serpentant ses flots entre ses
rives dépouillées. Je n'ai plus d'imagination, plus de sensibilité, et mon esprit
stérile ne sauroit féconder mon cerveau.
Souvent, humblement prosterné, je demande à Dieu la faveur d'une larme,
comme le laboureur implore de sa bonté
une pluie salutaire, quand le ciel est d'ai-
rain, et que la terre déchire son sein de
toutes parts.

Mais, hélas! le ciel n'accorde ni son
soleil, ni sa pluie à d'importunes prières.
O mon cher William! pourquoi ces jours,
dont le souvenir me poursuit par-tout,
couloient-ils d'un cours si paisible? n'est-
ce pas qu'heureux et reconnoissant des

bienfaits de la Providence, je me renfer-
mois sagement dans les bornes du présent, sans oser pénétrer l'avenir d'un
regard téméraire?

———

Le 8 novembre.

QUELQUEFOIS cédant aux instances de
mes compagnons, je me laisse entraîner
à prolonger avec eux le repas du soir.
Elle m'a reproché mon intempérance ;
mais avec quel aimable intérêt ! « Que
« cela ne vous arrive plus, m'a-t-elle dit.
« Pensez à Charlotte » ! Que je pense à
vous ! me suis-je écrié. Faut-il me le re-
commander ? Ah ! votre image est toujours dans mon cœur. Aujourd'hui encore
j'étois assis à l'endroit où vous descen-
dîtes hier de voiture. Je cherchois... Elle
parla aussitôt d'autre chose. Mon ami,
je lui suis livré sans défense. Elle peut
faire de moi tout ce qu'elle voudra.

———

Le 15 novembre.

Je te remercie, mon cher William, de ton tendre intérêt, de tes sages conseils ; mais, au nom de Dieu, abandonne-moi à ma destinée. Laisse-moi souffrir seul. Au milieu de mes maux, il me reste encore assez de force pour en attendre la fin. Je respecte la religion. Je sais qu'elle est l'appui du foible, la consolation de l'affligé ; mais ses bienfaits peuvent-ils, doivent-ils s'étendre à tous ? Parcours le monde. Vois quelle multitude d'hommes pour qui elle n'a jamais rien été, pour qui elle ne sera jamais rien. Doit-elle être quelque chose pour moi ? Le fils de Dieu n'a-t-il pas dit que ceux-là seront avec lui que son père lui a donnés ; et si je ne lui ai pas été donné ? Si le père veut me garder pour lui ? Ah ! ne vois point de dérision dans ces paroles ; elles partent du fond de mon cœur. Si tu les interprétois mal, j'aimerois mieux n'avoir rien dit. Ce n'est pas ma coutume de raisonner sur les choses au-dessus de notre portée.

Quel est en effet le sort de l'homme? De traîner jusqu'au terme son fardeau, de boire le calice jusqu'à la lie... et si ce calice a paru trop amer au Dieu du ciel lui-même, aurai-je l'orgueil de feindre que je le trouve agréable? Rougirai-je de frémir dans le terrible instant où tout mon être tressaille d'effroi entre l'immortalité et le néant, où le passé luit comme un éclair sur le sombre abyme de l'avenir, où l'univers chancèle sous mes pas, et va disparoître avec moi?... Foible créature! échappant à moi-même... entraîné dans le précipice par une force irrésistible, aurai-je honte de faire entendre ce cri douloureux : Mon Dieu! mon Dieu! pourquoi m'avez-vous abandonné? Celui qui roule les cieux comme un voile ne l'a-t-il pas poussé lui-même?

Le 21 novembre.

ELLE ne voit pas, elle ne sent pas qu'elle prépare un poison qui nous tuera tous deux; et moi insensé! je m'enivre de ce perfide breuvage qui doit me donner la mort. Que signifient ces tendres regards qu'elle jette quelquefois sur moi, cette bienveillance avec laquelle elle accueille les moindres témoignages de ma passion, cette pitié pour mes souffrances qui se peint dans tous ses traits?

Hier, lorsque je la quittai, elle me tendit sa main. « Adieu, cher Werther, me « dit-elle ». Cher Werther! c'étoit la première fois qu'elle me donnoit ce doux nom. Il retentit dans toutes les parties de mon être. Je le répétai plus de cent fois, et le soir en me couchant je me surpris à dire : Bonne nuit, cher Werther!

JE ne puis dire à Dieu : *Laisse-la moi;* et cependant je me figure quelquefois qu'elle est mon bien, ma propriété. Je ne puis lui dire : *Donne-la moi,* puisqu'un autre la possède. Ainsi je m'égare dans de vaines subtilités pour tromper ma douleur.

ELLE connoît, elle partage mes tourmens. Aujourd'hui un de ses regards a pénétré jusqu'au fond de mon cœur. Je la trouvai seule. Je gardois le silence. Elle attacha sur moi des yeux pleins de langueur... Quel effet magique ! Aussitôt je ne distinguai plus rien, ni l'éclat de sa beauté, ni sa physionomie si noble, si touchante. Je ne vis, je ne sentis que ce regard qui exprimoit tant de compassion et d'amour. O pourquoi n'osai-je me jeter

à ses pieds, la prendre dans mes bras, et
lui ravir mille baisers? Elle eut recours
à son clavecin, et chanta en s'accompa-
gnant une romance mélancolique. Jamais
ses lèvres ne m'avoient paru si charman-
tes. Il sembloit qu'altérées d'harmonie
elles s'ouvroient pour aspirer les sons
qu'exhaloit l'instrument, et que sa voix
mélodieuse n'en étoit que l'écho. Que te
dirai-je enfin? trop foible contre une séduction si puissante, je détournai la tête,
et levant les mains au ciel que je pris à
témoin de mon serment, je jurai de ne
jamais profaner par un baiser ces lèvres
pures et sacrées. Serment fatal!... Je te
serai fidèle: le repos de Charlotte dépend
de toi. Ah! si tu n'engageois que ma vie,
je voudrois à l'instant même te trans-
gresser et mourir!

Le 3o novembre.

JAMAIS, non jamais je ne pourrai vaincre
ma destinée. En quelque lieu que je porte
mes pas, je ne rencontre que misère, que
désespoir. Encore aujourd'hui, ô douleur! ô humanité!

Ne me sentant point d'appétit, je sortis
pendant l'heure du dîner. La campagne
étoit déserte. Il souffloit de la montagne
un vent froid et humide, et des nuages
obscurs descendoient le long du fleuve.
J'apperçus de loin un homme vêtu d'un
méchant habit verd, qui paroissoit chercher des plantes parmi les rochers. Lorsque je fus près de lui, il se retourna, et
me laissa voir une physionomie douce
qui portoit l'empreinte d'une profonde
tristesse, mais sans aucune trace d'égarement. Ses cheveux noirs et bouclés flot-
toient en désordre sur ses épaules. Ses
vêtemens annonçoient un homme du
commun. Je lui demandai ce qu'il cherchoit. « Je cherche, me répondit-il avec

« un soupir, je cherche des fleurs et je
« n'en trouve point. — Mais, mon ami,
« ce n'est pas la saison. —- Oh! il y a des
« fleurs de toutes les saisons, dit-il en
« s'avançant vers moi. Mon père a planté
« des rosiers dans notre jardin. Tous ont
« donné des fleurs. J'en cherche depuis
« deux jours, et je n'en trouve point. Ici
« même ! y a toujours des fleurs, des
« jaunes, des rouges, des bleues, et ce-
« pendant je n'en puis trouver aucune ».
Commençant à soupçonner son état, je
lui demandai ce qu'il vouloit faire de ces
fleurs. Aussitôt un rire convulsif décom-
posa ses traits. « N'allez pas me trahir,
« dit-il en posant un doigt sur sa bouche,
« j'en veux faire un bouquet à ma maî-
« tresse.... Oh! elle est bien riche ma
« maîtresse! elle a bien des trésors!...—
« Et cela n'empêche pas, sans doute,
« qu'elle n'attache un grand prix à votre
« bouquet? — Elle a des trésors et une
« couronne! O si l'empereur me payoit
« ce qui m'est dû, mon sort seroit bien
« différent! Il fut un temps où j'étois heu-

« reux!... mais maintenant!... Un regard
« douloureux qu'il adressa au ciel acheva
« sa pensée. — Vous avez donc été heu-
« reux autrefois? — Oh! oui, j'ai été heu-
« reux! que ne le suis-je encore de
« même! »

Dans ce moment une vieille femme
accourut à nous, criant de toutes ses forces, «Henri! Henri! que fais-tu ici? Je te
« cherche par-tout. Viens prendre quel-
« que nourriture. — C'est sans doute votre
« fils? lui dis-je en m'approchant d'elle.
« — Oui, monsieur, mon pauvre fils!
« Dieu m'a affligée, monsieur, d'une ma-
« nière bien cruelle. — Y a-t-il long-temps
« qu'il est dans cet état? — Il y a près de
« deux ans. Depuis six mois seulement il
« est un peu plus tranquille, et j'en rends
« grace au ciel; car il a été pendant un an
« enchaîné à l'hôpital des fous. Mainte-
« nant il ne fait de mal à personne; mais
« il rêve sans cesse de rois, d'empereurs.
« C'étoit un bon et honnête jeune homme
« qui m'aidoit à subsister du fruit de son
« travail. Tout-à-coup il tomba dans une

« sombre tristesse, qui fut suivie d'une
« fièvre chaude et de plusieurs accès de
« rage. — Et quel est, lui demandai-je,
« le temps qu'il regrette avec tant d'amer-
« tume, où il s'estimoit si heureux ? — Le
« pauvre insensé, s'écria-t-elle avec un
« sourire de compassion, c'est le temps
« où il étoit à l'hôpital des fous » ! Ces mots
me frappèrent comme un coup de foudre.
Je lui mis dans la main une pièce de mon-
noie, et m'éloignai précipitamment.

Alors tu étois heureux, m'écriai-je en
regagnant la ville à grands pas ! Dieu du
ciel, as-tu donc voulu que l'homme ne
fût heureux qu'avant l'usage de la raison,
ou qu'après l'avoir perdu ! Infortuné !...
et cependant combien je porte envie au
désordre de tes sens, à ta mélancolie si
douce, si calme. Tu sors plein d'espoir,
pour cueillir des fleurs à ta maîtresse, au
cœur de l'hiver... tu t'affliges de n'en
point trouver, et tu n'en devines pas la
cause ! Et moi j'erre sans but, sans espoir,
je rentre chez moi aussi à plaindre que
j'en suis sorti... Si l'empereur te payoit,

ton sort, dis-tu, seroit bien différent.
Heureuse créature de pouvoir imputer à
un obstacle humain le bonheur qui te
manque! tu ne sens pas, tu ne sens pas
que tout ton mal est dans ton cœur, dans
ton esprit égarés, et qu'il n'y a pas de
monarque sur la terre qui puisse t'en
guérir.

Périsse dans l'abandon et dans le désespoir l'être dur et barbare qui se rit de
la crédulité du malade courant à des eaux
éloignées, au risque d'augmenter ses souffrances et de rendre sa fin plus douloureuse; dont l'orgueil insulte à la foi de
l'humble publicain qui, pour appaiser
le cri de sa conscience, entreprend un
pélerinage aux lieux saints. Chaque pas
qu'il forme péniblement dans des sentiers rudes et infréquentés est un ache-
minement vers le but où il aspire; le
poids cruel qui l'oppresse s'allège à la fin
de chaque journée du voyage. Inhumaine
philosophie, oserois-tu traiter de préju-
gé ce sentiment consolateur? O Dieu!
l'homme n'étoit-il pas assez malheureux

par lui-même? falloit-il encore lui donner, dans ta colère, des frères indignes
de ce nom, qui lui ravissent le seul bien
qu'il possède, sa confiance en tes bontés
paternelles? Car l'espoir que nous inspi-
rent les propriétés d'une fleur, d'une
plante, d'une source, qu'est-ce autre
chose que la confiance en ta Providence
qui les a douées de cette vertu salutaire?
O mon père que je ne connois pas! mon
père qui remplissois autrefois mon ame,
et qui maintenant détournes de moi ta
face, rappelle-moi à toi; que ta voix ne
tarde plus à se faire entendre : ton silence
ne suffira pas pour arrêter ce cœur impa-
tient de s'élancer vers toi. Un père peut-
il se mettre en courroux, lorsque son fils,
qu'il n'attend pas, se précipite dans ses
bras, et lui dit: « Me voici de retour,
« mon père : ne sois point irrité si j'ai
« abrégé l'exil que m'imposoit ta rigueur.
« Le monde est par-tout le même, par-
« tout peine et travail, récompense et
« plaisir; mais que me fait ce monde? Je
« ne suis bien que là où tu es, et c'est en

« ta présence que je veux désormais souf-
« frir ou être heureux » ! Père céleste,
père des humains, repousserois-tu la
prière suppliante d'un tel fils ?

WILLIAM, cet homme dont je te par-
lois hier, cet heureux infortuné étoit
secrétaire du bailli. Il conçut pour sa
fille une passion violente qu'il renferma
long-temps dans son sein. S'étant à la fin
hasardé à en faire l'aveu, on le renvoya,
et il en perdit la raison. Je te laisse à juger de mon désespoir, lorsqu'Albert m'a
conté ces détails avec autant d'indifférence que tu les liras peut-être.

Le 4 décembre.

C'EST fait de moi. Le fardeau de la vie
me devient trop pesant : je ne puis le porter davantage. Ce matin j'étois assis à
côté d'elle. Elle exécutoit sur son clavecin diverses symphonies. La plus jeune
de ses sœurs jouoit, assise sur mes genoux. Des larmes roulèrent dans mes
yeux. Je me baissai pour les cacher, et
son anneau nuptial frappa ma vue. Mes
larmes coulèrent avec plus d'abondance.
Tout-à-coup elle commença cet ancien
air, plein d'une inexprimable harmonie,
cet air qui faisoit jadis mes délices. Je me
rappelai le temps où je l'entendis pour la
première fois, et je sentis naître dans
mon sein un mouvement irréfléchi de
joie. Il fut bientôt réprimé par le souvenir du passé, de ces jours de tristesse et
de deuil qui s'étoient écoulés depuis, du
long enchaînement de mes malheurs, et
de la perte de toutes mes espérances. Je
me levai, et, parcourant la chambre à

grands pas : au nom de Dieu ! m'écriai-je
en m'avançant vers elle , au nom de Dieu ,
finissez ! Elle cessa de jouer , et , me regardant fixement : « Werther , me dit-
« elle avec un sourire qui me perça le
« cœur, Werther, vous êtes malade , très
« malade. Vos mêts favoris vous répu-
« gnent. Allez , calmez-vous , je vous en
« conjure ». Je m'arrachai d'auprès d'elle.
Dieu du ciel ! tu vois mon malheur, et tu
daigneras y mettre un terme !

Le 6 décembre.

COMME son image me poursuit ! Veillant,
en songe, la nuit, le jour, elle remplit
toute mon ame. Je vois toujours ses yeux
noirs ; leur empreinte est gravée dans
mon cerveau , dans ce centre mystérieux
de nos pensées et de nos affections.

O qu'est-ce que l'homme , ce héros si
vanté , ce demi-dieu sur la terre ? Ne
manque-t-il pas de force et de courage

précisément lorsqu'il en a le plus de besoin? Que la prospérité l'élève, que le
malheur l'abatte . toujours également
esclave , au moment où il veut prendre
l'essor ne se sent-il pas arrêté par le poids
douloureux de ses chaînes?

———

L'ÉDITEUR AU LECTEUR.

Nous voici arrivés à la dernière, à la plus intéressante époque de l'histoire de notre ami. Combien je regrette que le défaut de matériaux m'oblige d'interrompre à l'avenir, par un récit, la suite de ses lettres ! Dans la nécessité de remplir de cette manière un grand nombre de lacunes, j'ai tâché du moins de me procurer des renseignemens exacts des personnes mêmes qui devoient être le mieux instruites de son histoire. Elle est simple et fidèle jusque dans ses particularités les plus minutieuses. Je n'ai trouvé les opinions partagées que sur les sentimens de quelques personnages.

Mon travail se borne donc à rapporter les faits que j'ai recueillis dans mes nombreuses recherches. Je joindrai à ce récit le petit nombre de lettres qu'a laissées Werther. Je ne négligerai aucun billet tracé de sa main. Tous les détails ont de l'intérêt, et la moindre lumière est précieuse, lorsqu'il s'agit de peindre les actions des hommes que leur esprit élève au-dessus du vulgaire.

Les impressions mélancoliques aux-
quelles Werther étoit depuis long-temps
livré se fortifioient chaque jour dans son
cœur, et finirent par s'en emparer entièrement. L'harmonie de son caractère,
l'équilibre de ses humeurs une fois troublés ne purent se rétablir. Un feu sombre
et caché, une activité funeste le dévo-
roient intérieurement. Sa vie s'usoit dans
de continuels et douloureux combats : de
là ces affections si bizarres, si opposées,
que l'on observoit en lui, et cet état de
langueur et d'épuisement, plus pénible
encore que tous les maux contre lesquels
il avoit lutté jusqu'alors. Le peu d'ardeur
qui lui restoit dans l'esprit acheva de s'é-
teindre. Il devint d'une société chagrine
et fâcheuse, toujours plus injuste à mesure qu'il étoit plus malheureux. C'est-

là du moins ce que disent les amis d'Albert. Ils prétendent que Werther, dissipant comme l'enfant prodigue les biens et les espérances de la vie sans rien mettre en réserve pour les jours de la nécessité, étoit incapable d'apprécier la conduite d'un homme doux et sage qui, possesseur heureux d'un trésor long-temps souhaité, bornoit tous ses vœux à en conserver la jouissance. Albert, ajoutent-ils, n'avoit pas changé en aussi peu de temps. Il étoit toujours également digne de l'estime et de l'amitié que Werther lui témoignoit aux commencemens de leur liaison. Idolâtre de Charlotte, l'orgueil s'unissoit dans son ame à l'amour qu'il sentoit pour elle. Il eût voulu que l'univers rendît hommage à la supériorité de son mérite. Faut-il s'étonner s'il desiroit écarter de l'objet de son culte jusqu'à l'ombre du soupçon, et s'il répugnoit à la seule idée de partager avec un autre, de la manière même la plus innocente, le cœur et les sentimens d'une femme adorée?

Le vieux bailli étant indisposé et forcé de rester chez lui, envoya chercher sa fille. Il faisoit une belle journée d'hiver. La terre étoit couverte d'une neige épaisse, la première qui fût tombée de l'année.

Le lendemain Werther se mit en route pour rejoindre Charlotte, dans l'espoir de la ramener, si Albert n'alloit point la reprendre. La sérénité du ciel, le calme de la nature ne purent éclaircir les soucis qui obscurcissoient son front. De noirs fantômes assiégeoient son imagination, et le seul exercice de sa pensée étoit d'errer sans cesse dans un labyrinthe de maux.

Le mécontentement où il vivoit de lui-même lui persuadoit aisément que l'état des autres ne devoit pas être beaucoup plus tranquille. Il crut remarquer quelque froideur entre Charlotte et son mari. Il s'en fit des reproches auxquels se mêloit une secrète animosité contre Albert. « Voilà donc, se disoit-il en chemin, cet

« amour si tendre , si fidèle , si passionné!
« cette constance inébranlable ! Déja l'in-
« différence , la satiété , en ont pris la
« place. Ne préfère-t-il pas les détails de
« la plus misérable affaire à la société de
« cette femme adorable? Connoît-il l'é-
« tendue de son bonheur? sent-il le prix
« du trésor qu'il possède ?... Mais il est
« son maître, son époux. Je le sais. Fa-
« tale pensée!... Je croyois en avoir épui-
« sé l'amertume! elle excite en moi de
« nouveaux orages ; elle me donne la
« mort. Et l'amitié d'Albert est-elle plus
« à l'épreuve que son amour? Ne regarde-
« t il pas mon attachement pour Char-
« lotte comme une atteinte à ses droits?
« les soins que je lui rends comme une
« condamnation indirecte de sa négli-
« gence? Oui, je le vois, il me supporte
« avec peine, il desire mon éloignement,
« ma présence lui est importune. »

En se parlant ainsi, tantôt il ralentissoit
sa marche , tantôt il s'arrêtoit comme pour
revenir sur ses pas. Enfin il parvint à la
maison du bailli. Il demanda Charlotte et

le vieillard. Tous les domestiques étoient en mouvement. L'aîné des enfans lui apprit qu'il étoit arrivé un grand malheur à Walheim ; qu'un jeune paysan y avoit été assassiné. Cette nouvelle ne fit sur lui aucune impression. Il entra, et trouva Charlotte occupée à retenir son père qui vouloit, malgré sa foiblesse, se transporter sur le lieu où le crime s'étoit commis. On ne connoissoit point encore l'assassin. La victime servoit depuis peu une veuve qui avoit renvoyé son ancien domestique pour quelque mécontentement.

Werther ne put entendre ces détails sans émotion. « Est-il vrai? s'écria-t-il, « est-il possible? Il faut que j'y coure, « il n'y a pas un moment à perdre ». Et il vole à Walheim. Une foule de circonstances effacées de son esprit viennent s'y retracer. Il ne doute pas que l'assassin ne soit ce jeune infortuné auquel il a parlé plusieurs fois, et qu'il a pris dans une si vive affection.

Il falloit passer sous les tilleuls pour

se rendre au lieu où le corps étoit déposé.
Werther tressaillit en traversant cette
place qui lui rappeloit des souvenirs si
chers et si douloureux. Ce gazon sur
lequel les enfans du voisinage se rassem-
bloient pour leurs jeux étoit arrosé de
sang. L'amour et l'honneur , les plus
nobles passions de l'humanité, s'étoient
souillés d'un horrible forfait. Le deuil
de la nature ajoutoit encore à sa tristesse.
Les arbres adossés au mur du cimetière,
qui l'avoient reçu tant de fois sous leur
ombre, nuds maintenant et blanchis par
les frimas, laissoient voir entre leurs bran-
ches dépouillées des tombeaux couverts
de neige.

Comme il approchoit de la maison
dont une multitude de peuple assiégeoit
la porte, de grands cris se firent entendre , et l'on apperçut un détachement
d'hommes armés qui escortoit un paysan
chargé de chaînes. Werther jeta les yeux
sur lui , et le reconnut à l'instant. C'étoit
ce jeune domestique si amoureux de sa
maîtresse , qu'il avoit surpris dernière-

ment sur la route avec l'air sombre et
l'égarement du désespoir.

« Malheureux ! s'écria-t-il en s'élançant
vers lui, qu'as-tu fait ? Le prisonnier le regarda fixement, se tut, puis d'un ton calme : *Personne ne l'aura !* dit-il, *elle n'aura
personne !* On le fit entrer dans la maison,
et Werther s'éloigna précipitamment.

Cette émotion violente et terrible
ébranla toutes les facultés de son être,
et le tira pour un moment de son abattement, de sa léthargie. Les sources de sa
sensibilité se rouvrirent. Le desir de sauver cet homme devint en lui une passion.
Il étoit si touché de son malheur, de son
innocence ; il entroit si profondément
dans sa position, qu'il se flatta d'exciter
sans peine dans le cœur des juges une
compassion égale à la sienne. Déja il eût
voulu parler pour lui ; déja il arrangeoit
dans sa tête le plaidoyer le plus pathé-
tique ; les mots se pressoient en foule sur
ses lèvres, et en courant chez le bailli il
répétoit à voix haute tout ce qu'il lui
diroit pour l'attendrir.

Il trouva Albert auprès de lui. Cette rencontre imprévue le déconcerta ; mais il se remit bientôt de son trouble, et plaida avec chaleur la cause du prisonnier. Le bailli laissa échapper plusieurs signes d'improbation, et, quoique Werther fût animé de cette éloquence naturelle et persuasive qu'inspire à tout homme sensible le desir d'en sauver un autre, il ne put rien gagner sur l'esprit de son juge. Le bailli ne lui permit même pas d'achever, et, l'interrompant au milieu de son discours, il lui reprocha sévèrement de prendre la défense d'un assassin ; il lui représenta que cette démarche imprudente tendoit à rendre nul l'effet salutaire des lois, et ne compromettoit pas moins le salut public que la sûreté individuelle. Il finit par lui dire que dans une affaire de cette importance il ne pouvoit rien prendre sur lui sans s'exposer à la plus rigoureuse responsabilité, et que son devoir l'obligeoit d'abandonner la procédure au cours ordinaire de la justice.

Werther ne se rendit pas encore. Il conjura le bailli de prêter au moins les mains à l'évasion du prisonnier ; mais ses instances furent vaines. Albert, qui avoit gardé jusque-là le silence, se rangea de l'avis du bailli, et Werther, convaincu de l'inutilité de ses prières, se retira pénétré de douleur, après que l'austère vieillard lui eut répété plusieurs fois : *Il n'y a pas moyen de sauver cet homme.*

On peut juger par le billet suivant, qu'il écrivit sans doute le jour même, de l'impression que ces mots firent sur lui.

« Il n'y a pas moyen de te sauver, mal-
« heureux ! Je le vois bien ; il faut que
« nous périssions tous deux. »

Le parti qu'Albert embrassa dans cette affaire déplut sensiblement à Werther, qui crut y remarquer une secrète intention de le désobliger ; et quoiqu'en y réfléchissant il sentît bien que ces deux hommes pouvoient avoir raison, il eut

12

mieux aimé renoncer à la vie que d'en
convenir.

Nous trouvons dans ses papiers quelques lignes qui ont rapport à cette circonstance, et qui donnent en même temps
l'explication de sa conduite avec Albert.

« Qu'importe que je me dise et redise
« sans cesse : Albert est bon, généreux.
« C'est-là ce qui déchire mon cœur. Je ne
« puis être juste à son égard. »

———

Vers le soir, le froid s'étant adouci, et
le vent tournant au dégel, Charlotte revint à pied avec son mari. Elle avoit l'air
distrait, préoccupé, et regardoit à chaque
instant autour d'elle comme si elle eût
cherché quelque chose. Albert s'apperçut de son trouble, et en devina la cause.
Il fit tomber la conversation sur Werther;
il plaignit et blâma tour-à-tour la malheureuse passion de ce jeune homme, et
souhaita qu'on pût trouver un moyen de
l'éloigner. « Je le voudrois pour lui, je le

« voudrois aussi pour nous, dit-il à Char-
« lotte. Le monde est injuste. On a tenu
« des propos. Il faut les faire cesser ».
Elle ne répondit rien. Il parut comprendre
son silence : au moins depuis ce temps,
jamais le nom de Werther ne sortit de sa
bouche, et s'il arrivoit par hasard qu'elle
le prononçât devant lui, il se taisoit ou
changeoit aussitôt de discours.

Les efforts de Werther pour sauver la
vie du jeune prisonnier furent la dernière
lueur d'une flamme prête à s'éteindre. La
mélancolie dans laquelle il étoit plongé
n'en devint que plus profonde. Il faillit
sur-tout à perdre la raison en apprenant
qu'on le forceroit peut-être à déposer
contre cet homme qui persistoit obstiné-
ment à nier son crime.

Tous les désagrémens qu'il avoit es-
suyés dans le cours de sa bouillante jeunesse, l'affront récent imprimé sur son
front; en remontant vers des époques
plus éloignées, mille ennuis de tous
genres, mille chagrins cuisans revenoient
en foule assiéger sa pensée. Il se voyoit

condamné, à la fleur de l'âge, à une ab-
solue nullité, privé d'avenir, incapable de
remplir jamais un rôle sur le théâtre du
monde. Il se sentoit brûler d'une flamme
éternelle et sans espoir pour une femme
charmante dont il troubloit le repos.
Ces réflexions douloureuses, le dégoût
de la vie qui en étoit la suite, consu-
moient lentement son être, et l'ache-
minoient par degrés vers sa fatale catastrophe.

Les lettres suivantes offrent une peinture énergique de ses tourmens, de ses
combats, et de son désespoir.

Le 12 décembre.

Cher William, mon état ressemble à
celui de ces infortunés qu'on croyoit pos-
sédés du malin esprit. Ce n'est point le
desir, le frémissement de l'amour; c'est
une rage interne, furieuse, qui bouleverse
mon ame et m'ôte la respiration. Malheur! ô malheur à moi! il faut que je
sorte, que j'erre seul au milieu de la nuit

et des scènes terribles qui caractérisent cette saison ennemie des hommes.

- Hier au soir, je fus pris d'un accès. Le dégel étoit venu tout-à-coup, le fleuve, les ruisseaux avoient franchi leurs rives, et inondé mon vallon favori. J'y courus vers minuit. Quel spectacle! du haut d'un rocher j'entendois le bruit des eaux qui se répandoient en fureur sur les prés, sur les champs, sur les bois. La campagne n'étoit qu'une vaste mer agitée par les vents, et couverte d'épaisses ténèbres.

Mais quand la lune, perçant les sombres nuages qui la voiloient, vint éclairer ce désordre effrayant de la nature, et briller sur ces vagues blanchissantes et tumultueuses, je reculai saisi d'horreur... puis tout-à-coup revenant sur mes pas, je m'élançai jusqu'au bord de l'abyme. Les bras étendus, je respirois la mort, je brûlois de me précipiter, de terminer à la fois mon existence et mes tourmens. L'image de ma destruction remplissoit mon ame d'une incroyable volupté. Hélas! et je n'osai détacher mon pied de la .

terre. Ah! sans doute, mon heure n'étoit
pas encore arrivée! William, que j'aurois
brisé de bon cœur cette misérable enve-
loppe pour voler, libre d'entraves, avec les
ouragans, déchirer les nues avec la tempête, et rouler parmi les flots mugissans!

A cet horrible accès succéda un morne
abattement. Je cherchai des yeux le saule
à l'ombre duquel je m'étois reposé un soir
avec Charlotte au retour d'une longue
promenade. Il avoit disparu. A peine si
j'en pus reconnoître la place. Hélas! dis-je,
les alentours de sa maison, son verger,
notre berceau, tout est devenu la proie
des eaux; et ma pensée se reporta dou-
loureusement vers le passé, comme un
prisonnier revoit en songe les biens, la
maîtresse, et les honneurs qu'il a perdus
sans retour. William, j'ai résisté cette fois
à l'ardeur qui m'entraînoit; mais je n'en
rougis point. Je n'ai point honte de moi-
même; car j'aurai, quand il en sera temps,
la force de mourir.

Le 14 décembre.

Tout m'alarme, tout m'épouvante, tout
jusqu'à mon ombre. Quel crime ai-je
commis? Mon amour pour elle n'est-il
pas l'amour le plus pur, le plus saint, le
plus fraternel? Jamais desir punissable
s'éleva-t-il dans mon sein? Eh bien, maintenant des songes!... Oh! qu'on a raison
d'attribuer à une puissance surnaturelle
des effets si contradictoires! Cette nuit,
je tremble de le dire, cette nuit je la te-
nois dans mes bras, étroitement pressée
contre mon cœur. Je couvrois de baisers
ses lèvres de rose d'où s'exhaloit un doux
murmure d'amour, mes yeux lisoient
dans ses yeux l'expression enivrante de
son délire, mon ame se fondoit dans son
ame. Ciel! ô ciel! suis-je donc coupable
de trouver encore tant de charmes au
souvenir de ces ravissans transports?
Hélas! il est évanoui ce songe. Le réveil, en ramenant la triste vérité, m'a
rendu à l'horreur de mes maux et de

mon désespoir. Des larmes obscurcissent
ma vue. Je ne suis bien nulle part; et
cependant je ne souhaite rien, je n'ai
besoin de rien. Ah! je ferois bien mieux
de partir !

––––––––––

Cependant la résolution de quitter la
vie s'affermissoit de jour en jour dans son
cœur. Depuis son retour auprès de Charlotte, il ne nourrissoit plus d'autre desir,
d'autre espoir; mais il s'étoit promis de
ne rien précipiter. Il sentoit que cette
grande action exigeoit la réunion de toutes ses forces physiques et morales, et
qu'elle devoit être autant que possible le
résultat d'une ferme conviction, et d'un
tranquille courage.

Le billet suivant, trouvé sans date dans
ses papiers, montre par quels raisonnemens il s'efforçoit de combattre ses
frayeurs et son incertitude.

« Sa présence, sa destinée, l'intérêt
« qu'elle prend à mes maux, font encore

« couler quelques larmes de mes yeux
« desséchés.

« Lever le rideau et passer derrière,
« voilà tout! Et qu'est-ce que ce pas a de
« terrible? Pourquoi frémir? est-ce par-
« ceque nous ignorons ce qu'il y a de
« l'autre côté? parceque personne n'en
« revient, et que notre esprit aveugle
« croit toujours voir la douleur et les té-
« nèbres là où il ne voit rien? »

———————

Enfin il parvint à se familiariser avec
ces redoutables images, et l'on voit par
la lettre suivante, dont le sens est facile
à pénétrer, qu'il arrêta son dessein d'une
manière irrévocable.

Le 20 décembre.

Je te rends grace, cher William, d'avoir
si bien interprété mes paroles. Oui, tu
as raison, il vaudroit mieux que je *partisse*; mais je ne puis t'aller joindre encore,
comme tu m'y engages. Je veux profiter de

la beauté du temps pour faire quelques
excursions. Ne viens pas non plus me chercher. Attends quinze jours. Tu recevras
de moi dans cet intervalle une lettre qui
t'instruira de mes derniers arrangemens.
Il ne faut pas cueillir le fruit avant qu'il
soit mûr, et quinze jours de plus ou de
moins font beaucoup. Dis à ma mère de
prier pour moi. Demande-lui pardon de
tous les chagrins que je lui ai causés. Hélas! j'étois né pour le malheur de ceux
que j'aurois dû rendre heureux. Adieu,
cher ami, que le ciel te comble de ses
bénédictions!

Comment exprimer ce qui se passoit
pendant ce temps dans l'ame de Charlotte? comment peindre les tourmens de
sa position entre Albert et son malheureux ami? La connoissance que nous
avons de son caractère peut bien nous
servir à en deviner une partie; mais il
n'appartient qu'au cœur sensible d'une
femme de les concevoir entièrement.

Elle étoit bien décidée à éloigner Werther, et si elle reculoit toujours le moment de cette séparation, c'étoit par une
pitié généreuse. Elle sentoit combien ce
sacrifice coûteroit à son ami ; elle doutoit
même qu'il eût la force de le consommer.

Cependant sa conduite devenoit de
jour en jour plus difficile. Albert gardoit
depuis long-temps avec elle un silence
absolu, et ce procédé délicat, en lui prou-
vant sa confiance et son estime, lui imposoit l'obligation de s'en rendre digne.

Le dimanche avant Noël[1], Werther vint
passer la soirée chez elle. Il la trouva
seule. Elle lui fit voir les présens qu'elle
destinoit aux enfans. Il parla du plaisir qu'ils auroient à les recevoir, et
de celui qu'il éprouvoit jadis à pareille
époque. « Eh bien, dit Charlotte en
« cachant son embarras sous un aima-
« ble sourire, vous aurez aussi vos
« étrennes, si vous voulez être sage. —

[1] C'est l'usage dans toute l'Allemagne de donner les
étrennes le jour de Noël.

(*Note du traducteur.*)

« Qu'appelez-vous être sage? s'écria-t-il.
« Charlotte, comment faut-il que je sois?
« — C'est jeudi au soir la veille de Noël.
« Mon père et les enfans viendront, venez
« aussi, mais pas plutôt ». Werther parut
interdit. « Je vous le demande, il le faut.
« Je vous le demande au nom de mon re-
« pos, s'il vous est cher. Les choses ne
« peuvent pas rester ainsi ». Il détourna
les yeux, parcourut la chambre à grands
pas, répétant entre ses dents, *Les choses
ne peuvent pas rester ainsi!* Charlotte s'ap-
percevant de la terrible impression que
ces mots avoient faite sur lui essaya, mais
en vain, d'en détourner sa pensée. « Non,
« Charlotte, s'écria-t-il, je ne vous verrai
« plus! — Pourquoi donc, Werther? re-
« prit-elle. Vous pouvez, vous devez nous
« revoir. Calmez-vous. O pourquoi êtes-
« vous né avec ce caractère violent, in-
« domtable, qui s'irrite contre tous les obs-
« tacles? Je vous en conjure, continua-
« t-elle en le prenant par la main, calmez-
« vous. Vos connoissances, votre esprit,
« vos talens vous offrent tant de res-

« sources agréables! Soyez homme. Ces-
« sez d'aimer avec cette constance mal-
« heureuse une femme qui ne peut que
« vous plaindre ». Il grinça des dents,
et la regarda d'un air sombre. Elle retint
sa main. « Encore une fois, Werther, cal-
« mez-vous. Ne voyez-vous pas que vous
« vous trompez? que vous courez à votre
« perte? Pourquoi vous adresser à moi,
« précisément à moi qui ne puis répondre
« à vos vœux? Mais je crains bien que
« l'impossibilité même du succès ne soit ce
« qui enflamme le plus vos desirs ». Il retira
sa main de la sienne, et jetant sur elle un
regard où se peignoient le dépit et la rage :
« A merveille! s'écria-t-il, à merveille!
« C'est sans doute d'Albert que vient cette
« observation? — Elle est à la portée de
« tout le monde, répondit-elle avec dou-
« ceur. Quoi! n'existe-t-il dans l'univers
« aucune femme capable de fixer votre
« cœur? Faites sur vous-même un coura-
« geux effort. La solitude dans laquelle
« vous vivez m'effraie et pour vous et
« pour moi. Un voyage vous distraira.

« Allez, cher Werther, allez chercher un
« objet digne de votre tendresse ; et quand
« vous l'aurez trouvé, revenez près de
« nous goûter les charmes de l'amour au
« sein de l'amitié. Ceci mériteroit d'être
« imprimé, dit-il avec un sourire amer.
« Mais, Charlotte, encore un peu de pa-
« tience, et tout ira bien. — Sur toutes
« choses pas avant jeudi !... »

Il alloit répondre, lorsqu'Albert entra. Ils se saluèrent froidement, et se
promenèrent l'un à côté de l'autre d'un
air embarrassé. Werther commença une
phrase qu'il n'acheva pas : Albert s'efforça inutilement de lui adresser la parole. Ayant appris que divers ordres
qu'il avoit laissés en partant n'étoient pas
exécutés, il en témoigna son mécontentement à Charlotte d'une manière dure
et désobligeante. Werther vouloit se retirer ; mais il ne put s'y résoudre. Son
trouble et son humeur alloient toujours
croissant. A huit heures on servit le souper. Il se leva. Albert l'engagea froidement à rester ; il refusa, et sortit.

De retour chez lui il s'enferma dans sa chambre, marcha quelque temps avec agitation, parlant seul d'une voix animée, et pleurant à chaudes larmes. Il se jeta ensuite tout habillé sur son lit. A onze heures son domestique vint lui demander ses ordres : il le renvoya, et lui défendit d'entrer le lendemain avant qu'il ne l'appelât.

Le lundi matin, 21 décembre, il commença la lettre suivante qui fut trouvée cachetée sur son bureau, et qu'on ne remit à Charlotte qu'après sa mort. Je l'insérerai par fragmens comme il l'écrivit.

Le 21 décembre.

« C'est une chose résolue, Charlotte, « je veux mourir! et je te l'écris sans une « romanesque exaltation, de sang-froid, « le matin du jour où je te verrai pour la « dernière fois. Quand tu liras ces lignes, « ô mon amie! la tombe enfermera les « restes glacés du malheureux qui, près « de terminer sa vie, ne connoît pas de

« volupté plus grande que celle de s'en-
« tretenir avec toi. J'ai passé une nuit ter-
« rible !... que dis-je ? une nuit bienfai-
« sante. Elle a fortifié, affermi ma réso-
« lution : Je veux mourir ! Hier quand je
« m'arrachai d'auprès de toi, après avoir
« perdu tout espoir de bonheur, quel
« froid mortel se répandit dans mes vei-
« nes ! comme tout mon sang se retira
« vers mon cœur ! Je gagnai ma chambre
« avec peine ; je me précipitai à genoux.
« Ciel ! ô ciel ! tu m'accordas le dernier
« soulagement des malheureux, celui des
« larmes. Mille projets, mille desseins
« furieux s'entrechoquèrent dans mon
« ame. Ils se terminèrent tous à cette
« seule, à cette dernière pensée : Je
« veux mourir ! Je me couchai ; et le len-
« demain, dans le calme du réveil, je la
« retrouvai inébranlable au fond de mon
« cœur : Je veux mourir ! Et ne crois pas
« que ce soit désespoir. Non. C'est la cer-
« titude que j'ai rempli ma carrière, et
« que je me dévoue pour toi. Oui, Char-
« lotte, pourquoi te le cacher ? Il falloit

« qu'un de nous trois périt. J'ai voulu
« que ce fût moi. O mon amie ! souvent
« ce cœur égaré a conçu le projet affreux,
« barbare, d'assassiner ton mari !... toi !...
« moi ! Quand tu monteras la colline sur
« la fin d'un beau jour d'été, ô pense
« à moi ! rappelle - toi combien de fois
« nous parcourûmes ces lieux ensemble.
« Abaisse ta vue sur le cimetière, et vois
« comme aux rayons mourans du soleil,
« le vent balance l'herbe touffue qui croît
« sur ma tombe. J'étois calme en com-
« mençant ; maintenant je pleure comme
« un enfant. »

———

Vers dix heures il appela son domestique. Il lui dit qu'il comptoit faire un
voyage sous peu de jours. Il le chargea
d'emballer ses effets, de demander le
compte de tout ce qu'il devoit, et d'avancer deux mois à des pauvres auxquels il
avoit coutume de donner quelque au-
mône toutes les semaines.

Après son dîner il monta à cheval, et
se rendit chez le bailli. Ne l'ayant pas

trouvé il se promena dans le jardin triste
et rêveur, et sembla vouloir s'abreuver
pour la dernière fois de toute la mélancolie de ses souvenirs.

Les enfans ne le laissèrent pas long-
temps en repos. Ils coururent à lui, sau-
tèrent dans ses bras, et lui racontèrent
que quand demain, et encore demain, et
puis un jour seroient passés, ils iroient
demander leurs étrennes à Charlotte, et
ils lui peignirent avec transport les merveilles que se figuroient leurs petites ima-
ginations. *Demain!* répéta-t-il, *et encore
demain! et puis un jour!* et il les embrassa
tendrement. Il se disposoit à partir, lorsque le plus jeune lui fit signe qu'il vouloit lui parler à l'oreille. Il se baissa.
Alors l'enfant lui confia que ses grands
frères avoient composé de beaux complimens pour leur papa, pour Charlotte,
pour Albert, et pour monsieur Werther,
et qu'ils comptoient les présenter le jour
de l'an de grand matin. Cette circonstance
pensa triompher de sa résolution. Il les
embrassa encore une fois, les chargea de

ses respects pour le bailli, et s'éloigna
les larmes aux yeux.

Il rentra sur les cinq heures, ordonna
qu'on lui allumât du feu, et qu'on l'en-
tretînt toute la nuit. Ce fut probablement
alors qu'il écrivit ce paragraphe de sa
dernière lettre à Charlotte.

« Tu ne m'attends pas. Tu crois que
« j'obéirai, que je ne te reverrai que la
« veille de Noël. O Charlotte ! aujour-
« d'hui, ou jamais. La veille de Noël tu
« tiendras ce papier dans tes mains, tu
« frémiras, et l'arroseras de tes pleurs.
« Je veux, je dois... O que je suis con-
« tent d'être décidé ! »

Cependant Charlotte se trouvoit dans
une étrange perplexité. Sa dernière conversation avec Werther lui avoit appris
toute la force de leur mutuel amour, et
combien une séparation seroit affreuse
pour tous deux.

Elle dit sans dessein, en présence de

son mari, que Werther ne reviendroit pas
avant la veille de Noël, et Albert partit
aussitôt pour la campagne, où ses affaires
devoient le retenir pendant deux jours.

Charlotte demeura seule. Aucun des
enfans n'étoit auprès d'elle. Elle s'aban-
donna tristement à ses pensées, qui roulèrent toutes sur un même objet. Elle se
voyoit liée pour la vie à un homme dont
elle connoissoit l'amour et la fidélité,
qu'elle ne pouvoit se défendre d'estimer,
et qui, doué d'un caractère doux et tranquille, sembloit choisi par le ciel pour le
bonheur d'une femme honnête et fidèle
à ses devoirs. Elle respectoit d'ailleurs la
sainteté des nœuds qui l'attachoient à elle
en qualité de père et d'époux. D'un autre
côté, elle aimoit si tendrement Werther.
La sympathie qui s'étoit déclarée en eux
dès leur première entrevue avoit reçu
tant de force d'une longue intimité, de
mille rapports communs, de mille souvenirs conservés ensemble, qu'elle eût
en vain essayé de détruire des impressions devenues ineffaçables. Tout ce qui

intéressoit son cœur ou son esprit, elle avoit coutume de lui en faire part. Son éloignement laisseroit dans son existence un vuide que rien ne sauroit remplir. O que ne pouvoit-elle changer en frère cet ami si cher et si dangereux! que n'a-voit-elle l'espoir de le réconcilier avec Albert, de le fixer près d'elle par un heureux mariage! Elle cherchoit parmi toutes ses amies. Aucune n'étoit exempte de défauts. Elle n'en voyoit point à qui elle eût voulu confier sa destinée.

Le résultat de ces réflexions fut de lui faire sentir, sans qu'elle osât toutefois se l'avouer, que son vœu le plus ardent, le plus intime étoit de le garder pour elle, et en même temps elle connoissoit l'impossibilité de le satisfaire. Son ame jadis si calme et si pure devint la proie d'une sombre tristesse. Tremblante sur le présent, l'avenir lui paroissoit encore plus à craindre. Toute perspective de bonheur s'évanouit pour elle. Un nuage épais de douleur obscurcit ses yeux.

Il étoit sept heures et demie quand

elle entendit quelqu'un monter l'escalier. Aussitôt elle reconnut la démarche et le son de voix de Werther. Comme son cœur palpita ! comme elle eût souhaité d'être anéantie ! Lorsqu'il entra, elle courut au-devant de lui dans un trouble inexprimable. « Vous m'avez manqué de parole, « s'écria-t-elle ». Je n'ai rien promis, fut sa réponse. « Du moins deviez-vous avoir « quelque égard à ma prière ; je vous l'a-« vois faite au nom de notre mutuel repos.»

Elle ne savoit ce qu'elle disoit, ni ce qu'elle faisoit. Elle envoya prier deux de ses amies de venir passer la soirée chez elle, afin de ne point rester seule avec Werther. Tantôt elle desiroit, et tantôt elle craignoit leur arrivée. Sa femme-de-chambre revint lui dire qu'elles étoient engagées.

Alors elle voulut faire travailler cette fille dans la chambre voisine. Un moment après elle changea de pensée. Elle se mit à son clavecin, et commença un air qu'elle ne put achever. Enfin rappelant son courage et sa présence d'esprit, elle alla s'as-

seoir sur le canapé où Werther avoit pris
sa place accoutumée.

« N'avez-vous rien à lire? lui dit-elle.
« Voici sur mon secrétaire votre traduc-
« tion des chants de Selma. Je ne l'ai point
« encore lue. J'espérois toujours l'enten-
« dre de votre bouche ; mais depuis quel-
« que temps vous n'êtes bon à rien.»

Il prit le cahier en souriant. Un léger
frisson parcourut ses veines. Il s'assit, et
lut.

CHANTS DE SELMA[1].

« Étoile, compagne étincelante de la
nuit, l'occident brille de tes feux. Ton

---

[1] Ces chants sont pleins d'un charme mélancolique
qui repose le lecteur des émotions violentes qu'il vient
d'éprouver, et lui donne le temps et la force de se
préparer à la terrible catastrophe. Goethe a sans doute
voulu ménager ainsi sa sensibilité; mais on ne peut nier
que ce morceau , un peu long et tout-à-fait étranger au
sujet, ne réfroidisse l'intérêt en le partageant. Il me
semble qu'il eût mieux valu supposer la lecture et ne
rapporter que le dernier paragraphe, *Pourquoi me ram-
mes-tu, etc...* dont l'application frappante à la destinée

front radieux a percé l'obscurité des nuages. Tu t'avances avec majesté vers la colline. Que regardes-tu sur la bruyère? Les
vents furieux se sont appaisés. On n'entend plus dans le lointain que le murmure des ruisseaux, et le frémissement
des vagues qui battent en se jouant le
pied des rochers. L'insecte ailé du soir
remplit l'air de son sourd bourdonnement. Astre paisible, que regardes-tu?
Mais tu souris et passes. Les vagues bon-
dissantes s'entr'ouvrent pour te recevoir,
et baignent ton aimable chevelure. Astre
charmant, adieu! Et toi, parois lumière
éclatante de l'ame d'Ossian.

« Elle paroît dans toute sa splendeur.
Je revois mes amis après une longue absence. Ils se rassemblent à Lora comme
aux temps passés. Voici Fingal, sembla-
ble à une humide colonne de vapeurs.
Autour de lui sont les héros et les Bardes

du héros fait frémir. Au reste, peut-être me trompé-je:
dans le doute, le respect pour mon auteur m'a décidé,
et j'ai conservé les chants de Selma.

(*Note du traducteur.*)

enfans de l'harmonie, Ullin aux cheveux gris, le superbe Ryno, Alpin l'aimable chanteur, et toi douce et plaintive Minona. O mes amis, que vous êtes changés depuis ces jours de fêtes où nos voix, telles qu'un léger zéphyr agitant l'herbe des prairies, disputoient à Selma le prix des vers.

« La belle Minona s'avançoit alors le regard baissé, les yeux remplis de larmes, son épaisse chevelure flottant au gré des vents. Elle élevoit sa voix touchante, et la douleur pénétroit dans l'ame des héros; car ils avoient tous vu le tombeau de Salgar, et la sombre demeure de la blanche Colma. L'harmonieuse Colma abandonnée sur la colline attend Salgar qui lui a promis de venir; mais déja la nuit a déroulé ses voiles noirs. Écoutez la voix de Colma assise sur la colline solitaire. »

COLMA.

« Il est nuit. Je suis seule, délaissée

sur la colline, séjour des orages. Le vent
gémit dans les cavernes, le torrent se précipite avec fracas du haut du rocher, aucun abri ne s'offre pour me garantir de
la pluie, malheureuse délaissée sur la colline, séjour des orages.

« Sors, ô lune, du sein des nuages. Étoile
de la nuit, brille au firmament. Que votre
clarté favorable me conduise à l'endroit
où mon amant se repose des fatigues de
la chasse, son arc détendu près de lui,
ses chiens haletans à ses côtés. Mais, hélas ! il faut que je reste seule sur ce rocher
couvert de mousse. Le torrent et la tempête mugissent. Je n'entends pas la voix
de mon amant. Qui peut retenir mon
Salgar ? a-t-il oublié sa parole ? Voici le
rocher, l'arbre, et le torrent. Tu m'avois
promis de venir à l'approche de la nuit.
Ah ! où s'est égaré mon Salgar ? Je voulois fuir avec toi, quitter pour toi mon
père, mon frère. Les insensés ! la haine
divise depuis long-temps nos familles ;
mais nous ne sommes point ennemis l'un
de l'autre, Salgar.

« Faites un moment silence, ô vents !
Torrent suspendez un peu votre fureur !
Que ma voix retentisse dans la vallée,
qu'elle parvienne à l'oreille de mon infidèle. Salgar, c'est Colma qui t'appelle.
Voici l'arbre et le rocher. Salgar ! mon
amant ! je suis ici, pourquoi tardes-tu de
venir ? La lune paroît. Les flots argentés
resplendissent dans la prairie. Le faîte
des rochers commence à blanchir : cependant je ne le découvre pas sur la hauteur.
Ses chiens courant devant lui ne m'an-
noncent pas sa venue. Il faudra donc que
je passe ici la nuit !

« Mais qu'apperçois-je sur la bruyère ?
Est-ce mon amant ? est-ce mon frère ?
Parlez, ô mes amis. Ils ne répondent pas.
Parlez-moi, je suis seule. La terreur s'empare de mon ame... Ah ! ils sont morts.
Leurs glaives dégouttent de sang. O mon
frère, mon frère ! pourquoi as-tu tué
mon Salgar ? O mon Salgar ! pourquoi as-
tu tué mon frère ? Vous m'étiez tous deux
si chers ! Tu brillois par ta beauté entre
tous tes rivaux. Il étoit terrible dans les

combats. Répondez-moi, enfans de mon
amour, écoutez ma voix. Ah! ils sont
muets, muets pour toujours. Leur sein
est froid comme la terre. O du rocher de la
colline, du sommet de la montagne séjour
des orages, répondez, esprits des morts,
répondez; ne craignez pas de m'épouvan-
ter. Quel est l'asile où vous reposez? dans
quelle caverne puis-je vous trouver? Les
vents ne me transmettent aucun son, la
tempête ne m'apporte point de réponse.

« Je m'assieds accablée de douleur.
J'attends le jour dans les larmes. Creusez
leur tombe, amis des morts; mais atten-
dez pour la fermer que Colma soit venue.
Ma vie passe comme un songe. O mes
amis, que ferois-je loin de vous? je veux
habiter avec vous, au pied du rocher,
sur le bord du torrent. Quand la nuit
descendra sur la colline, et que les vents
agiteront la bruyère, mon esprit porté
sur leurs ailes déplorera votre perte. Le
voyageur m'entendra sous son toit de
feuillage : si ma voix lui cause d'abord
quelque frayeur, il en aimera bientôt les

accens ; car ma voix sera douce en pleurant mes amis. Ils m'étoient tous deux si
chers !

« Tel fut ton chant, ô Minona, aimable
fille de Thorman. Ton front se couvrit en
achevant d'une rougeur modeste. Nous
versâmes des larmes sur la destinée de
Colma, et une profonde douleur descen-
dit dans nos ames. »

« Ullin lui succéda, sa harpe à la main,
et nous donna les chants d'Alpin. La
voix d'Alpin étoit mélodieuse. Un rayon
de feu avoit formé l'ame de Ryno ; mais
déja tous deux habitoient l'étroite, la
dernière demeure, et l'écho de Selma ne
répétoit plus leurs accens. Un jour Ullin
revenoit de la chasse (c'étoit avant la
chûte des héros); il entendit leurs chants
rivaux retentir sur la colline. Ces chants
étoient doux et tristes. Ils retraçoient les
exploits et la chûte de Morars, du premier des héros. Morars avoit l'ame de
Fingal, son épée répandoit la terreur
comme celle d'Oscar. Il succomba. Son

père en poussa des cris de douleur, et les yeux de sa sœur se remplirent de larmes, les yeux de Minona, la sœur du superbe Morars. Elle se retira lorsqu'Alpin fut prêt à commencer, comme la lune à l'approche de la tempête fuit vers l'occident, et dérobe sa tête sous un nuage. Je pris ma harpe, et me joignis à Ullin pour accompagner les chants de la douleur. »

RYNO.

« L'orage est dissipé, le soleil éclaire en fuyant la colline, et le torrent de la montagne roule dans le vallon ses flots couleur de pourpre. Ton murmure est doux, ô torrent, mais plus doux encore celui de la voix qui gémit sur les morts : c'est la voix d'Alpin. Sa tête est courbée par l'âge, les larmes ont rougi ses yeux. Alpin, chanteur sublime, que fais-tu seul sur la colline silencieuse ? Pourquoi gémis-tu comme le vent dans la forêt, comme la vague sur la rive solitaire ? »

ALPIN.

« Mes larmes, Ryno, sont pour les morts. Mes chants pour les habitans du tombeau. Tu parcours encore d'un pas léger la colline. Tu surpasses en beauté tous les enfans de la bruyère; mais tu tomberas comme Morars, et nous irons aussi pleurer sur ta tombe. Les collines oublieront ta voix. Ton arc détendu sera couché sur la terre.

« O Morars! tu étois léger comme le chevreuil de la montagne, terrible comme le météore enflammé. Ta colère ressembloit à un torrent, ton épée aux éclairs qui sillonnent la nue. On eût pris ta voix pour un torrent enflé par l'orage, ou pour le bruit d'un tonnerre lointain. Le feu de ton courroux consumoit les ennemis qu'avoit abattus ton bras; mais quand tu revenois des combats, ô que ta voix étoit harmonieuse! Tel que le soleil après la tempête, ou que la lune au sein des nuits paisibles, ton visage brilloit d'un

doux éclat. Ton sein étoit calme comme
le lac qu'ont cessé d'agiter les vents.

« Maintenant que ta demeure est étroite
et sombre ! O toi , naguère si grand, en
trois pas je mesure ta tombe. Quatre
pierres couvertes de mousse sont l'unique souvenir qui reste de toi. Un arbre
funèbre, une herbe touffue que balance
le zéphyr, indiquent au chasseur le tombeau du puissant Morars. Tu n'as point
de mère pour te pleurer, point d'amante
pour arroser ta cendre des larmes de l'a-
mour ; car elle est morte celle qui te porta
dans son sein. La fille de Morglan n'est
plus.

« Quel mortel s'avance appuyé sur un
bâton noueux ? La vieillesse a blanchi sa
tête vénérable, et les pleurs ont fatigué ses
yeux. C'est ton père, ô Morars ! ton père
qui n'avoit d'enfans que toi. La renom-
mée lui a transmis ta gloire, tes exploits, le
nombre des enuemis que ton bras a vain-
cus ; mais il ne sait rien, hélas ! de ta bles-
sure. Gémis, ô père de Morars, gémis ; mais
ton fils ne t'entendra pas. Le sommeil

des morts est trop profond, leur demeure
est trop avant dans la terre. Il n'entendra
point ta voix, il ne répondra point à tes
cris. O quand fera-t-il jour dans la tombe
pour dire à ceux qui dorment : Réveillez-
vous! Adieu, le plus brave des hommes!
adieu, le conquérant du monde, que le
monde ne reverra plus. La sombre forêt
ne sera plus éclairée des brillans reflets
de ton armure. Tu ne laisses point d'enfans; mais nos chants perpétueront ta
mémoire. Les siècles futurs rediront ton
nom. Ils rediront le nom de Morars moissonné dans les combats.

« Les héros font éclater de tristes gémissemens ; mais rien n'égale la douleur
d'Armin. Ces chants lui rappellent la
mort de son fils moissonné à la fleur de
la jeunesse. Carmor, prince de Galmal
fertile en échos, étoit assis près de lui.
Pourquoi soupire Armin? dit-il ; quel
peut être le sujet de ses pleurs? Le charme
de l'harmonie en pénétrant dans les ames,
n'a-t-il pas adouci toutes les peines ?
Ainsi l'humide vapeur qui s'élève du lac

se répand sur la prairie et baigne le calice
des fleurs; mais le soleil reparoît et la
vapeur est dissipée. Pourquoi cette profonde tristesse à laquelle ton ame s'abandonne, heureux prince de Gorma qu'en-
vironnent les flots?

« Il est vrai, je suis triste, et la source
de mes larmes ne tarira jamais. Carmor,
tu n'as point perdu de fils, point de fille
au printemps de leur âge. Le brave Col-
gar respire, ainsi qu'Annira, la plus
belle des vierges. Tous les rejetons de ta
race fleurissent; mais Armin reste seul
de son sang. O Daura! que ta couche est
obscure! qu'il est long le sommeil dont
tu dors dans la tombe! Quand te réveil-
leras-tu? quand ta voix mélodieuse frap-
pera-t-elle mon oreille?

« Vents de l'automne, levez-vous,
exercez vos fureurs sur la noire bruyère;
torrens, précipitez vos flots écumans;
tempête, mugis dans les cimes des arbres; et toi, lune, laboure péniblement
le sein déchiré des nuages, et que ton
disque sanglant se montre et se cache

tour-à-tour à nos yeux. Je vais raconter
la nuit terrible où j'ai perdu mes enfans,
où périt le brave Arindal, où Daura,
l'objet de mon amour me fut ravie. Daura, ma fille, tu étois belle comme la lune
sur les collines de Fura, blanche comme
la neige récemment tombée, douce comme le zéphyr du matin. Arindal, ton
arc étoit formidable ; ta lance portoit
dans les combats des coups rapides et
sûrs ; ton regard ressembloit à la sombre
vapeur qui couvre les flots, ton bouclier
à une nue enflammée au sein de la tempête. Armar, renommé dans les combats,
brigua la tendresse de Daura. Elle ne
résista pas long-temps à ses vœux ; l'espoir brilloit au front de leurs amis.

« Errath, le fils d'Ogdal, s'en indigna.
Armar avoit tué son frère. Il prend les
habits d'un pêcheur. Sa barque fend les
flots élégamment ornée ; sa chevelure
semble blanchie par l'âge, et son visage
vénérable respire la paix. O la plus belle
des vierges ! dit-il, aimable fille d'Armin,
non loin du rivage, sur les flancs d'un

rocher s'élève un arbre dont les fruits paroissent rouges. Armar attend Daura sous son ombrage. Je viens la chercher et la conduire à son amant. Elle le suit, appelle Armar. L'écho seul du rocher lui répond. Armar, cher amant, pourquoi te plaire à tourmenter mon cœur ? Écoute, fils d'Arnart, écoute Daura qui t'appelle. Le traître Errath regagne le bord en riant. Les cris de Daura redoublent ; ils s'adressent tantôt à son père, tantôt à son frère. Arindal ! Armin ! quoi ! personne pour sauver votre Daura ?

« Sa voix traverse la mer. Arindal, mon fils, passionné pour la chasse, descendoit la colline ; ses flèches retentissoient à son côté. Il tenoit son arc à la main ; cinq dogues d'un gris noirâtre suivoient ses pas. Il apperçoit sur le rivage le féroce Errath, le saisit, l'attache à un chêne, et l'entoure de solides liens. Errath remplit l'air de ses cris. Arindal s'élance dans la nacelle pour ramener Daura. Armar, furieux, accourt ; il saisit une flèche et la décoche d'une main sûre.

La flèche siffle et se plonge dans ton cœur,
ô Arindal! ô mon fils! tu meurs au lieu
du traître Errath. A peine la nacelle touche au rocher, il tombe, il expire. Quel
est ton désespoir, ô Daura! en voyant
couler à tes pieds le sang de ton frère!
La nacelle brisée s'entr'ouvre. Armar se
précipite dans la mer pour sauver Daura,
ou périr. Un coup de vent terrible sou-
lève les flots; Armar s'enfonce et ne reparoît plus.

« Seule sur le rocher battu par les vagues, ma fille poussoit de tristes et longs
gémissemens. Que pouvoit son malheureux père? Toute la nuit je restai sur le
rivage. Je la distinguai à la pâle clarté des
étoiles. Toute la nuit j'entendis les cris
de son désespoir. Le vent souffloit avec
force, et une pluie violente lavoit les
flancs de la colline. Au point du jour sa
voix devint plus foible, elle s'éteignit
comme le souffle du soir dans l'herbe des
rochers. Tu expiras, ô ma fille! et me
laissas seul sur la terre. J'ai perdu celui
qui soutenoit l'honneur de mon nom

dans les combats, celle qui faisoit mon orgueil entre toutes ses compagnes. Quand
la tempête est déchaînée, quand les au-
tans bouleversent les flots, je m'assieds
au bord de la mer, les yeux fixés sur le
fatal rocher. Souvent au déclin de la lune
je crois distinguer les ombres de mes enfans, tristement unies, errant et gémis-
sant ensemble. »

Un torrent de larmes soulagea le cœur
oppressé de Charlotte, et interrompit la
lecture. Werther saisit une de ses mains;
elle avoit la tête appuyée sur l'autre, et
tenoit son visage caché dans son mouchoir. Leur agitation étoit terrible. Ils
sentoient leur propre malheur dans celui
des nobles héros, ils le sentoient ensemble, et leurs pleurs se confondoient.
Werther imprima sur son bras un baiser
de feu. Elle tressaillit, et voulut fuir; la
douleur, comme un poids pesant, la retint immobile. Elle essaya de se remettre,
et le pria en sanglottant de continuer;
elle l'en conjura d'une voix céleste. Wer-

ther trembloit. Son cœur étoit prêt à se
fendre. Il reprit le cahier, et lut ces mots
d'une voix à peine articulée :

« Pourquoi me ranimes-tu, doux zéphyr du printemps ? Tu me caresses et
me dis : Je répands sur toi la rosée du
ciel ; mais le temps approche où je vais
me flétrir. Voici l'orage qui va briser ma
tige et disperser mes fleurs. Demain le
voyageur passera. Il passera celui qui
m'a vu dans tout mon éclat. Son œil me
cherchera dans la campagne, et ne m'y
trouvera plus ! »

———

Chacune de ces expressions est un
coup de poignard pour l'infortuné. Égaré,
ré, hors de lui, il se jette aux pieds de
Charlotte, il prend ses mains, il les porte
à ses yeux, à son front ; le désespoir est
empreint dans tous ses traits. Charlotte,
éclairée par un horrible pressentiment,
le regarde avec effroi ; ses sens se troublent, elle saisit ses mains, les presse

sur son sein, et se penche vers lui dans
une douloureuse émotion. Leurs joues
brûlantes se rencontrent; le monde entier s'anéantit pour eux. Il entrelace ses
bras autour d'elle; il la serre étroitement,
et couvre de baisers ses lèvres pâles et
tremblantes. Werther! dit-elle d'une voix
étouffée en détournant son visage et le
repoussant d'une main foible, Werther!
s'écria-t-elle avec l'accent d'une généreuse indignation. Il obéit, la laissa s'é-
chapper de ses bras, et tomba sans connoissance à ses pieds. Alors, saisie d'un
trouble mortel, le cœur déchiré entre
l'amour et le ressentiment : « C'est pour
« la dernière fois, Werther, dit-elle; vous
« ne me reverrez jamais »! Et, jetant encore sur cet infortuné un regard plein
de tendresse, elle se précipita dans un
cabinet voisin, et s'y enferma. Werther
étendit les bras sans oser la retenir. Il
étoit couché par terre, la tête appuyée
contre le canapé, et il resta dans cette
attitude jusqu'à l'arrivée d'une servante
qui venoit mettre le couvert. Il se leva

au bruit, et fit quelques tours dans la chambre. Dès qu'il fut seul, il courut à la porte du cabinet : « Charlotte! Char-« lotte ! dit-il à voix basse, encore un mot « seulement! un adieu »! Elle ne répondit rien. Il attendit un instant, lui réitéra sa prière; puis, s'élançant avec impétuosité : « Adieu , s'écria-t-il , Char-« lotte! adieu pour jamais! »

Il tomboit une pluie fine mêlée de neige. La garde, qui le connoissoit, le laissa passer aux portes de la ville. Il rentra chez lui, se coucha, et dormit long-temps. Le lendemain son domestique le trouva occupé à écrire le passage suivant de sa lettre à Charlotte.

« C'est donc pour la dernière fois que « j'ouvre les yeux. Ils ne reverront plus « la lumière. La nuit du tombeau va les « couvrir de son ombre. O Nature! gé-« mis; ton fils, ton ami, ton amant, ap-« proche de sa fin. Charlotte, cette pen-« sée tient presque du songe : c'est mon

« dernier jour... Le dernier ! Je ne com-
« prends pas ce mot. Aujourd'hui debout,
« dans toute ma force... et demain inani-
« mé, étendu dans la terre !... Aujour-
« d'hui à moi, à toi, ô mon amie !... et
« demain séparé de toi, peut-être pour
« jamais ; car la nature, impénétrable à
« l'homme, a jeté un voile obscur sur
« son commencement et sur sa fin.

« J'avois une amie, ah ! une amie bien
« chère ; elle fut le soutien de ma jeu-
« nesse abandonnée. Elle mourut. Je sui-
« vis son convoi ; je m'avançai sur le bord
« de la fosse ; j'y vis descendre son cer-
« cueil. J'entendis crier les cordes qui
« l'entouroient. Dieu ! quel son lugubre
« lorsqu'on y jeta la première terre ! Le
« son devint de plus en plus sourd, jus-
« qu'à ce que le cercueil fût entièrement
« recouvert. Je tombai à côté sans force,
« sans connoissance. Je ne sais ce qui
« m'arriva alors, ce qui va m'arriver. La
« mort ! le tombeau ! Je ne comprends
« pas ces mots.

« Pardonne ! ô pardonne-moi ! Pour-

« quoi le jour d'hier n'a-t-il pas été le der-
« nier de ma vie? Ange du Ciel! j'ai joui
« sans aucun nuage de la ravissante cer-
« titude de ton amour. Ah! il brûle en-
« core sur mes lèvres ce feu sacré que je
« respirai sur les tiennes ; il embrase, il
« consume mon cœur. Pardonne, par-
« donne-moi!

« Je savois bien que tu m'aimois. Le
« premier regard où se peignit ton ame
« m'instruisit de mon bonheur ; et cepen-
« dant quand je m'éloignois de toi, quand
« je laissois Albert à tes côtés, je retom-
« bois en proie à toutes les horreurs du
« doute. »

« Te souviens-tu des fleurs que tu m'en-
« voyas en sortant de cette fatale assemblée
« où nous ne pûmes nous dire un mot, nous
« faire un signe d'intelligence? Je passai
« la moitié de la nuit à genoux devant ce
« gage chéri de ta tendresse. Hélas! ces
« douces émotions ont fui, ainsi que s'ef-
« face insensiblement de l'ame du chré-
« tien le sentiment des graces qu'il a re-
« çues de son Dieu.

« Tout périt ; mais rien ne sauroit
« anéantir cette vie brûlante qu'hier j'ai
« puisée dans ton sein. Elle m'aime ! mes
« bras l'ont entourée ; mes lèvres ont
« tremblé sur ses lèvres ; ma bouche a
« murmuré sur sa bouche. Elle est à moi.
« Tu es à moi, oui, Charlotte, pour ja-
« mais !

« Qu'importe qu'Albert soit ton époux?
« ce titre est bon pour le monde, et ce
« monde seul aussi pourroit me faire un
« crime de mon amour. Si cet amour est
« criminel, eh bien, je vais m'en punir ;
« je n'en aurai pas moins goûté ses eni-
« vrantes délices. Un baume consolateur
« a pénétré toute ma substance ; une force
« inconnue m'anime. Dès ce moment, ô
« ma Charlotte, tu es à moi. Je vais te
« précéder dans les célestes demeures ; je
« vais trouver mon père, ton père ; je me
« plaindrai à lui, et il me consolera jus-
« qu'à ce que tu viennes, et que réunis
« tous deux en sa présence nous confon-
« dions nos êtres dans l'ineffable volupté
« d'un embrassement éternel.

« Je ne rêve point, je n'extravague
« point. Près du tombeau un jour plus
« pur m'éclaire. Nous ne cesserons point
« d'être ! nous nous reverrons ! je verrai
« ta mère, ta parfaite image ! »

———

Vers onze heures ayant su qu'Albert
étoit de retour, il lui envoya ce billet
décacheté.

———

« Voulez-vous bien me prêter vos pis-
« tolets pour un voyage que j'ai le projet
« de faire ? Adieu. »

———

Charlotte avoit peu dormi la nuit pré-
cédente. Toutes ses craintes, tous ses
pressentimens se trouvoient remplis et
surpassés par l'évènement de la veille.
Son sang qui circuloit jadis dans ses veines avec tant de calme et d'égalité y couloit maintenant à flots pressés et tu-
multueux. Mille sensations douloureuses
déchiroient son sein, sans qu'elle en pût

démêler distinctement la cause. Étoit-ce
le feu des embrassemens de Werther, le
ressentiment de sa témérité, la comparaison pénible de son état actuel avec ces
jours d'innocence et de bonheur, où son
cœur exempt de reproches se reposoit
en paix dans la confiance de sa vertu?
Comment se présenter devant son mari?
Comment lui révéler une aventure sur
laquelle elle n'osoit ouvrir ni les yeux ni
la bouche? Habituée depuis si long-temps
au silence, le romproit-elle pour faire
un si étrange aveu? Devoit-elle sur-tout
choisir le moment où la seule nouvelle
de la visite de Werther indisposeroit son
époux contre elle, et mettre, par cette
indiscrète confidence, le comble à son
mécontentement? Pouvoit-elle se flatter
qu'il jugeroit les choses sans prévention,
qu'il ajouteroit foi à son récit? Étoit-il à
souhaiter pour elle qu'il connût ses véritables sentimens? Et cependant quel
moyen d'échapper à la pénétration d'un
homme aux regards duquel son ame avoit

· toujours été exposée sans voile, et à qui elle n'avoit jamais su cacher une seule de ses impressions? Ces réflexions la jetoient dans un cruel embarras; et toujours ses pensées se reportoient sur Werther qui étoit perdu pour elle, qu'elle devoit, qu'elle ne pouvoit éloigner, et à qui il ne resteroit rien dans l'univers entier lorsqu'il l'auroit perdue.

Combien elle se reprochoit d'avoir contribué, sans le vouloir, à cette fâcheuse réserve qui s'étoit établie entre Albert et lui? Ces hommes si bons, si estimables, refroidis d'abord par quelques légers sujets de plaintes, évitèrent une explication avec autant de soin qu'ils en auroient dû mettre à la rechercher. Chacun d'eux s'aigrit en secret du sentiment des torts de l'autre, et leur liaison finit par se rompre au point que rien ne put la renouer dans le moment décisif. Si au contraire une douce intimité eût pris la place de cette méfiance réciproque; si l'amitié se ranimant dans leurs cœurs les eût dis-

posés à une mutuelle indulgence, peut-
être notre malheureux ami existeroit-il
encore aujourd'hui.

Une circonstance particulière affligeoit
Charlotte. Werther, comme il paroît
par ses lettres, n'avoit jamais dissimulé
son dessein de quitter la vie. Albert s'é-
toit souvent efforcé de le combattre;
il faisoit profession de la plus grande horreur pour le suicide. Plusieurs fois il laissa
entendre avec une ironie amère, tout-à-
fait opposée à son caractère, qu'il n'ajoutoit point de foi à la sincérité d'une pareille résolution; et Charlotte, ébranlée
par ses raisonnemens et par ses plaisan-
teries, avoit presque fini par adopter son
incrédulité. Si d'un côté cette opinion
servoit à la rassurer contre l'affreuse
image de la mort de son amant; de l'autre
elle lui ôtoit la consolation de confier à
son mari l'inquiétude dont elle ne pouvoit entièrement se défendre.

Lorsqu'il revint de la campagne, elle
courut au-devant de lui avec un empressement affecté. Il avoit l'air sombre et

chagrin. Il demanda s'il ne s'étoit rien
passé de nouveau pendant son absence.
Charlotte se hâta de parler de la visite de
Werther. On lui remit des lettres ; il
monta dans sa chambre pour les lire, et
laissa sa femme seule. La présence d'un
époux qu'elle aimoit et respectoit fit sur
elle une impression extraordinaire. Le
sentiment de son affection, de sa géné-
rosité calma l'agitation de son ame. Elle
se sentit doucement attirée vers lui; elle
prit son ouvrage et le suivit dans sa
chambre, comme elle avoit coutume
de faire. Il étoit occupé à décacheter
et à lire ses lettres : quelques unes
sembloient l'affecter désagréablement.
Elle lui fit plusieurs questions; il y répondit d'un ton brusque, et se mit à
écrire.

Une heure se passa de la sorte. Chaque
instant augmentoit la tristesse de Charlotte : elle sentoit combien il étoit difficile de révéler à son mari le secret qui
pesoit sur son cœur, et elle tomba dans
une mélancolie d'autant plus profonde

15

qu'elle s'efforçoit de la dissimuler et de dévorer ses larmes.

L'apparition du domestique de Werther vint mettre le comble à son trouble. Albert lut le billet, et se tournant froidement vers elle : « Donne-lui mes « pistolets », dit-il ; puis s'adressant au domestique : « Vous lui souhaiterez un « bon voyage », ajouta-t-il. Ces mots frappèrent Charlotte comme un coup de foudre. Elle se leva en hésitant, s'approcha de la muraille d'un pas chancelant, en détacha les armes, les essuya d'une main tremblante, et auroit encore tardé davantage si un regard d'Albert n'eût accusé sa lenteur. Elle remit les armes au domestique, sans avoir la force de proférer une seule parole, et courut s'enfermer dans sa chambre pour y donner un libre cours à ses larmes. Elle forma mille projets sans s'arrêter à aucun : tantôt elle vouloit se jeter aux genoux d'Albert, lui tout avouer, la scène de la veille, sa faute, et ses terreurs ; tantôt convaincue de l'inutilité de cette démarche, elle se bornoit à desirer qu'il allât trouver Werther. Une de ses amies vint la voir : elle la retint à dîner. Sa présence rendit le repas supportable. On se contraignit, on causa, on s'oublia un moment.

Quand Werther sut que Charlotte avoit remis elle-même les pistolets à son domestique, il les baisa avec transport.

« Je les tiens de ta main ; tu les as tou-
« chés, tu en as nettoyé la poussière. Ange
« du ciel, vous approuvez mon dessein.
« Charlotte, c'est toi qui m'envoies l'in-
« strument fatal ; toi de qui j'ai toujours
« souhaité de recevoir la mort, hélas! et
« de qui je la reçois. J'ai fait mille ques-
« tions à mon domestique : tu tremblois
« en lui confiant ces armes ; tu ne le char-
« geas pour moi d'aucun adieu, d'aucun,
« Charlotte! ah! devois-tu me fermer ton
« cœur dans ce dernier moment? Char-
« lotte, pourrois-tu haïr celui qui t'aime
« jusqu'à mourir pour toi? »

———

Il sortit malgré la pluie, et se pro-

mena long-temps. De retour chez lui , à
l'entrée de la nuit , il écrivit ces deux
billets.

« O mon cher William ! j'ai vu pour la
« dernière fois le ciel , la campagne, les
« bois ; reçois mes adieux. Et toi , ma
« tendre mère, pardonne-moi. Cher ami ,
« c'est à toi de la consoler. Que Dieu vous
« bénisse ! j'ai mis ordre à tout. Adieu ,
« nous nous reverrons dans un monde
« plus heureux ! »

« Je t'ai mal récompensé, Albert ; mais
« tu me pardonnes. J'ai troublé la paix
« de ton ménage , j'ai semé la méfiance
« dans ton cœur. Il est temps qu'elle en
« soit bannie. O puisses-tu jouir du fruit
« de ma mort ! Albert, Albert, fais le bon-
« heur de ton ange, et le ciel répandra
« sur toi toutes ses bénédictions. »

Il fit dans la soirée la revue de ses papiers, en brûla plusieurs, et adressa à William quelques paquets renfermant des essais sur diverses matières. A dix heures il envoya coucher son domestique qui logeoit dans une chambre éloignée de la sienne, et lui donna ordre de tenir des chevaux de poste prêts 'pour le lendemain de grand matin.

A onze heures.

« Tout est paisible autour de moi. Je « suis calme. Je te remercie, ô ciel! de « m'accorder dans mes derniers momens « cette force d'ame et cette sécurité.

« Je vois briller, à travers les nuages « qu'emporte un vent rapide, quelques « étoiles solitaires. Astres charmans, vous « ne périrez pas, l'Éternel veille sur vous « et sur moi. J'apperçois Arcture, la plus « belle des constellations : la nuit, quand « je sortois de chez toi, elle brilloit tou- « jours au-dessus de ma tête. Avec quelle « ivresse je m'arrêtois à la contempler! « combien de fois les mains jointes je l'ai

« prise à témoin de ma félicité ! O Char-
« lotte, ces lieux sont pleins de toi ; tout
« m'y retrace ton image. Comme j'ai re-
« cueilli avidement jusqu'aux moindres
« objets consacrés par tes mains !

    « Portrait chéri ! je te le lègue ; garde-
« le précieusement. Mille fois mes lèvres
« y ont imprimé d'ardens baisers. Tou-
« jours en sortant, en rentrant il recevoit
« ma dernière pensée, mon premier re-
« gard.

    « J'ai écrit à ton père pour le prier de
« prendre soin de mon enterrement. Dans
« un coin du cimetière, du côté de la cam-
« pagne, sont deux tilleuls ; je souhaite
« de reposer sous leur ombrage. Ton père
« peut accorder, il accordera cette der-
« nière grace à ton ami : demande-la lui
« pour moi. Je n'ose prétendre que de
« pieux chrétiens daignent mêler leurs
« cendres aux miennes... Ah ! je voudrois
« que tu gravasses mon nom sur une
« simple pierre, au bord du chemin, ou
« dans une vallée solitaire. Si le prêtre
« et le lévite passoient outre, du moins

« le samaritain y répandroit une larme !

« Le calice de la mort est devant moi.
« Je le boirai sans frémir. Présenté par
« toi, puis-je le refuser? Ah! tout! tout!
« Ainsi donc mes vœux, mes espérances
« sont accomplis! j'arrive aux portes d'ai-
« rain de la mort, déja froid et insen-
« sible comme elle.

« Trop heureux, ô ma Charlotte, si je
« mourois pour toi! si mon trépas pou-
« voit te rendre le repos et le bonheur.
« Mais, hélas! ils n'ont existé que dans
« la fable ces êtres favorisés des dieux,
« qui furent doués de la vertu suprême
« de faire à leurs amis un sacrifice utile de
« leurs jours, et d'allumer par leur mort
« une nouvelle vie dans leur sein.

« J'ai demandé à ton père d'être en-
« terré dans mes habits. Tu les as touchés,
« tu les as consacrés. Que ce nœud d'un
« rose pâle, que tu portois la première
« fois que je te vis, soit enfermé dans ma
« tombe : tu m'en fis present le jour de
« ma naissance. Embrasse pour moi nos
« enfans, et raconte-leur le destin de leur

« malheureux ami. Ces chers enfans! ils
« sont tous présens à mes yeux. Oh!
« comme je me suis attaché à toi, et à
« tout ce qui t'appartenoit! Hélas! je ne
« pensois guère alors à ce fatal dénoue-
« ment. Sois tranquille! je t'en conjure,
« sois tranquille!.. Ils sont chargés. Minuit
« sonne. Adieu, Charlotte! adieu! »

Un voisin vit la lumière, et entendit le
coup; mais comme il ne se fit ensuite aucun mouvement, il ne s'en inquiéta point.

Le lendemain à six heures, le domestique de Werther en entrant chez lui le
trouve étendu par terre, baigné dans
son sang, et les pistolets près de lui. Il
l'appelle, le prend dans ses bras. Point
de réponse. Il court chez le médecin, chez
Albert. Charlotte frémit au bruit de la
sonnette. Elle éveille son mari; ils se lè-
vent à la hâte. Le domestique leur annonce en sanglottant l'affreuse nouvelle.
Charlotte tombe évanouie aux pieds d'Albert.

Lorsque le médecin arriva, il n'y avoit plus d'espérance. L'infortuné respiroit encore, mais ses membres étoient déja roides. On lui ouvrit une veine à tout hasard ; le sang coula : celui dont le dos de la chaise étoit teint fit présumer qu'il étoit assis lorsqu'il se donna le coup fatal, et que la violence de la commotion l'avoit renversé par terre.

Les gens de la maison, ceux du voisinage se rassemblèrent en foule. On le posa sur son lit, la tête enveloppée. Son visage étoit couvert des ombres de la mort. Un râle affreux, tantôt foible et tantôt plus fort annonçoit sa fin prochaine.

L'Émilie Galotti de Lessing étoit ouverte sur son bureau.

Je n'essayerai point de peindre la consternation d'Albert, ni l'état de Charlotte.

Le vieux bailli accourut au bruit de ce funeste évènement, et baigna le mourant de ses larmes. Les enfans désespérés se précipitèrent sur lui : l'aîné qu'il avoit

toujours le plus aimé se pendit à son cou,
et l'on fut obligé d'employer la force pour
l'en arracher. A midi il n'existoit plus.
On l'enterra à onze heures du soir dans
le lieu qu'il avoit désigné. La présence et
les ordres du bailli prévinrent le tumulte.
Des ouvriers portoient le corps : le vieillard et les enfans formoient le cortège.
Albert n'eut pas la force de s'y joindre :
on craignoit pour les jours de Charlotte.

FIN.

www.ingramcontent.com/pod-product-compliance
Lightning Source LLC
Chambersburg PA
CBHW061440030726
47503CB00005B/1495